随筆集

中田高友

創風社出版

中田高友　随筆集

目次

中田高友　随筆集

猫

昼食を済ますと障子の窓際の椅子に腰掛けて、戸を二十センチほど開け、庭の陽あたり具合を眺めていた。するとと前の家で飼っているシャム猫が、おもむろに庭の中に入ってきた。月に一度か二度家の前の道路を歩いているのを見かけることがあるが、最近はかなり老齢を感じる体型になり、腹が垂れ下がっている。それに色艶がなく毛はぼさぼさで野良猫同然である。とてもシャム猫には見えない。

前の家の奥さんは二人とも癌で亡くなった。二十年ほど前に、二番目の奥さんが来てからシャム猫を飼い始めた。二階の入り口の手すりの上に出して毛にブラシをかけているのを見たとき、初めて見る実物のシャム猫の美しい毛並みの色と凛々しい姿に感動したものである。

その奥さんは決して猫を外に出さなかった。ところが奥さんが亡くなると、餌はやっているが毛の手入れをしていないとみえて、急にシャム猫特有の輝くような色艶がなくなった。それに時々猫だけを外に出すようになった。

我が家の庭は家の西側にあり、カーポートの部分だけをコンクリートで堅め、残りの一坪余りをそのままにしている。あとで気が付いたのだが、猫のトイレとしては最適である。猫が庭に入るのを見たときは、そこに必ず糞をしている。

三日前のこと、さやエンドウと春菊の種を播くべく、その土地を掘り起こし、均していた。翌日雨が降ったから、今日こそは種を播こうとして現場に行くと、案の定糞が二個ある。一個は雨に打たれた形跡があるので、土均しをしたその夜のものらしい。あとの一つはまだ新しい。

一週間ほど前に、近所の野良猫が家の近くを徘徊していたので、その猫の糞かもしれない。糞をしている現場を確認していないからどちらと決めつけるわけにもいかない。それにしても糞の形が二個とも類似している。いずれにしろ糞の処理をしなければ種が播けない。ちり取りに入れて近くの川まで捨てに行った。

猫との関係は糞だけではない。毎年春になると野鳥が自分の部屋の天井裏に巣を造る。二週間ほどして雛が巣立ちをするとき、必ず野良猫が家の前を徘徊し始める。どうやら雛の声が大きくなるので、その声を聞きつけて雛を狙うつもりらしい。

野鳥の巣立ちは木々の中なら枝があるから雛も飛び立ち易いだろうが、家の外は三メートルほどの道路だから、よほど羽に力がなければ、前の家の屋根まで飛び渡ることは困難である。

野良猫が家の前に来ると、親鳥は雛を守るために特別高いしかも鋭い声で威嚇する。いつぞやは、余りに外が騒がしいので出て見ると、西の三差路の真ん中で、二羽の親鳥が、甲高い声を張り上げながら、猫の三、四十センチほど近くまで交互に飛びかかっていた。普通なら、このくらいの距離だと猫はわけなく鳥に飛び突くことができる。しかし、鳥は雛の為には命を惜しまない。猫の前と後ろから交互に攻撃するものだから、猫は耳を垂れて立ち往生している。
自分は、鳥の味方をすることにして、濡れ縁の下から長い棒の虫取り網を取り出し、猫を追い払った。それでも猫は、家の前の車庫に置いてある自動車の下に逃げ込んで自分を睨んでいる。自分も糞をしに来る積年の恨みもあるので、執拗に網を自動車の下に入れて数回突くと、さすがに懲りたのか尻尾を巻いて姿を消した。

ところで、自分は子どもの頃猫と生活していたことがある。ものごころついた時には既に「タマ」という白黒の雄猫が家にいた。歳はすぐ上の姉と同じだと母が言っていた。これが自分によく懐いていた。

冬の夜、自分が布団の中に入って暖かくなった頃、必ずタマが来て自分の頭を前足でさする。自分は枕元の布団をもちあげる。するとすぐに潜り込んできて自分の腹のあたりで円くなり、一緒に寝るのである。コタツがわりになるのでお互いさまであった。

その頃、自分はメジロを飼っていた。ある日、縁側の陽あたりの良い場所でメジロに水浴びをさせていた。鳥籠の一メートルほど離れた所にタマが来て外の方を向き、目を閉じてじっとしていた。いつものことなので気にすることなく作業を続けていた。メジロが水浴びを済ましたので元の籠に入れようとして籠の戸を開けたとき、手元が狂って鳥が籠から飛び出した。タマはその瞬間を待っていたかの如くパァッと飛びかかり鳥を咥えて姿を消してしまった。電光石火の早業であった。自分はただ茫然として座っていた。

この時以来猫が嫌いになった。

猫は人の足元に来ると、尻尾をピンと立て甘える素振りで身体をすり寄せてくる。しかしあれは「ふり」であって当然ながら本性ではない。中身と外見は全く別で、その使い分けが驚くほど卓越している。

生物学的には猿が人に一番近いとされるが、社会生活上は、猫がこの点で一番人に近いような気がする。癒し系ペットとして人気があるのはこのためだろう。

糞の件以後、家の近くで猫を見ていない。

（随筆春秋第四五号掲載　二〇一六年）

さくら

近くの川沿いに三十年ほど経った「ソメイヨシノ」が二十本ばかり植えられている。今年は三月中旬ころまで例年になく寒い日が続いていた。桜の開花が遅れるかもしれないと案じていたら、急に気温が緩んで瞬く間に満開になった。この地方では三月下旬に満開になる。

暖かくなったので、四月中旬から宮城県仙台市、福島県相馬市、二本松市、郡山市、会津若松市と順次一人で旅をした。旅の目的は窯場巡りで、桜を見るためではない。しかし東北地方は丁度この頃が桜の開花時期にあたり、行く所毎に満開の桜に出会った。それにこの地方の桜は気温が低いせいか少しくらいの雨風でもなかなか散らない。会津若松市の市街地は満開だが、隣の会津美里町になるとまだ二分咲きくらいであった。

ところで、毎年の行事として気象庁が桜の開花予想をし、日本列島に『桜前線』と称し、咲き始めた県から順次開花の状況を発表するのが恒例になっている。

数年前に、気象庁が開花予想を間違えて発表した。すぐにマスコミをとおして陳謝したのだ

が、この様子をテレビで見ていた米国の青年が、

「たかが桜の花の咲く時期の予想が外れたからといって、気象庁が国民に謝罪するとは、日本はなんと平和な国ですね」

と皮肉るでもなくむしろ驚きの表情をしながら流暢な日本語でさらりと言った。自分はこれを聴いたとき、今までそれほど気にしていなかった出来事を、外国人は面白い見方をするものだと、とても新鮮な気持ちになったものである。

たしかに気象庁は国土交通省の外局であり、職員は国家公務員である。桜の開花予想が間違ったからといって、国家が国民に謝罪をするという行為は面白い。外国にも気象に関する機関はあるのだろうし、どの国でも愛されている花はあるはずだ。開花予想は気象庁の仕事なのかサービスなのかわからないが、かりにサービスであったにしても、これを求めているのは国民なのだから、やはり日本特有の現象なのだろう。

桜の開花時期は、単なる季節の移り変わりというだけでは処理しきれない、特殊な意味が含まれているようである。何が特殊なのかは人によって異なるだろうが、自分について言えば、自己の繊細な感性に強烈に反応し、人格にまで影響してくることを自覚させるからである。

「ソメイヨシノ」はあまりにもまぶしいほど華やかである。事実、一本の「ソメイヨシノ」が

満開のときに、その花の下に独りで立って上を見る。すると、心がざわめいてじっと立っていられなくなる。花の中に自分の魂が吸い込まれていくような錯覚に陥るのである。吸い込まれるだけでなく精神状態が不安定になり目眩を覚えるのだ。なぜなのか。周囲が冬の眠りから覚めたばかりで、硬く緊張していた心がまだ覚醒していない時に、芽を出す暇も無く花だけが先行して咲いてしまう。その様相が尋常ではない。五弁の一個の花びらは些細なものなのに、それが一塊になり巨大な花に変化してしまう。もはや「個」はなく「全体」が存在し、春は自分だけのために存在するかのように自己主張し謳歌している。自分のように精神の軟弱な者は、これほど強烈な個性の前にはたじろかざるをえないのである。

かといって「ソメイヨシノ」が全く嫌いというわけではない。東京都国立市にある一橋大学前の通称「大学通り」の両側に、樹齢六十年を優に超えているといわれる「ソメイヨシノ」の並木がある。「さくら通り」も繋がっているけれども総数約二百本ほどあるらしい。満開の頃になると桜の名所として市内外から見物客が集まる。

近くに娘が住んでいるから、孫の顔を見に行ったついでにその観客とともに並木の下を歩いてみた。壮観としか言いようがない。歩道を闊歩する群衆は花に呑まれてしまってまるで巨大な生きものに操られているようだ。一本の花の下でさえ穏やかでない自分は、まるで酔ったように、人の後に付いてただふらふらと歩くだけであった。
しばらく滞在していたら、盛りを過ぎた花が一斉に散り始めたというので、隣接する「さくら通り」を自転車で走ってみた。花吹雪という言葉はこのような様相を言うのだろう。運転がしづらくなるほど乱れ散る花びらの中を、まるで馬に乗ったドンキホーテの如く桜の大木に向かってペダルを踏み続けた。僅かな期間に静から動へと変化し、自分が弄ばれているような気になる。とてもきれいどころの話ではない。恐怖に近い心境であった。

東京の名所になっているこの桜並木もあと二十年持ちこたえることができるだろうか。既に枯れ始めている樹もある。世代交代の時期が来ているようだ。所どころの樹間には小さな桜の苗木が植えられていた。聞くところによると、「ソメイヨシノ」は江戸の植木職人達によって造られた品種だから自生できないのだという。

（随筆春秋第四四号掲載・二〇一五年）

姥ヶ橋

橋の名が妙に気になりだしたのは、足腰が弱くなってきて、自転車で街中を徘徊し始めた最近のことである。保内町は、八幡浜市の街中にある橋の数よりもなぜか多いような気がする。なぜ橋の数が多いのか改めて地図をだしてみた。地図を見てなるほどと肯いた。街中の面積はたしかに八幡浜市の方がまとまっていて広いと思われるが、河口までに川が一本しかない。ところが保内町は、宮内川と喜木川が、それぞれ二十メートルほどの幅で街中を平行して湾に入っている。このあたりの地形だと普通なら街中までくると合流するのだが、どうしたものか一本になっていない。その理由はいろいろあるのだろうが、大洪水が起きても、地形の関係で合流できなかったたか、水利権その他の人的要素が絡んでいたのかいろいろ考えられる。

人口が集中すれば必然的に橋が造られる。橋ができれば橋の名が付けられる。橋の名は特殊なことがないかぎりその地区の名称が付けられるものである。

保内町にはたしてどのくらいの橋があるのか図書館へ行って調べてみた。「保内町誌」を繰っていたら見つかった。「主な橋」が二十四橋あるらしい。橋の名前は、やはり「その流域の地名」であると記してあった。「主な橋」とあるので、おそらく人家のまとまっている地域だと思われるから、そのほかにももっとある可能性がある。

自転車で走りながら橋の名前を確認するのだが、よく見る橋で一つだけ不思議な名前があるのに気が付いた。宮内川の河口近くにある「姥ヶ橋」である。

「姥」いう文字がはたしてこの地域の名にあるのだろうか。気になりだすと、忘れていてもその橋の前を通るたびに思い出す。しかし確認しようにも方法が分からない。保内町にも史談会があるから会員にでも訊けば解るかもしれない。しかし学校の宿題の調査でもないから、そこまでしなくてもよかろうと安易な考えが起きて、今日に至っていた。

世の中は面白くできていて、考え続けていると突然答えらしきものが出てくるときがあるものだ。

ある日のある午後のことであった。

この姥ヶ橋のたもとに「道祖神」を祀っている小さな祠のような小屋がある。「祠のような」というのは、『祠』特有の型がない。小屋の中に道祖神らしき経文を刻んだ石柱とか地蔵らしきものが祀られているだけである。中には五人は掛けられる椅子が並べてある。

自分が橋の前にきたとき、八十五歳は軽く超えていると思われる男が椅子に掛けていた。見知らぬ人である。自転車から降りて近づくと、向こうもこちらに気が付いた。

「ちょっとお尋ねしたいのですが、この橋の名前が『姥』とあるのは何か意味があるのですかね」

と訊いてみた。するとその人は、こんなことを話し始めた。

「私は大正時代からこのあたりに住んでいるのですが、この辺りは蘆が生えていて、あの家が建っているあたりは『姥ヶ淵』といって、沼がありました」

と言うのである。

手を挙げた方向を見ると、現在は住宅が建ち並び、往時の面影は全くない。普通の住宅地である。

大正時代といえば今から百年ほど前のことだ。話してくれた老人の大体の年齢と符号する。その人がこのあたりに住んでいたのだから話には信憑性がある。

自分は自転車に跨ったまま、老人の指した辺りを見渡した。そしてその辺りに広がっていたという人気のない寂寞とした沼地を想像してみた。

沼がどのくらいの広さだったのかわからないが、相当の面積があったと思われる。沼だから周囲には話のように葦が繁っていたであろう。その沼に沿って細い兎道が続いていたはずである。その道沿いに一本の柳が生えていて、樹の根本には小さな地蔵があった。誰かがこの地蔵に赤い前掛けを作って掛けた。

「姥ヶ淵」の細い道は、港に出るのに近道になっていた。喜木川の上流に住んでいる人が港に用事があってこの「姥ヶ淵」の兎道を通るとき、この沼に老婆が身投げをしたという話をひとづてに聞いて、この地蔵の前を通るたびに、線香を立てて合掌していた。地蔵を置いたのは身投げをした人の身内だったのか、それとも関係のある人だったのかは分からない。

道端の地蔵は時が経つにつれても廃れていくことがなかった。むしろ時とともに線香の数が増えていった。

やがて時代が変わり、宮内川の護岸工事が始まると、人口が増えて沼を埋め立てる構想が持ち上がった。沼を埋め立てるのは土さえ入れれば簡単にできる。問題は地蔵を何処に移動するかである。地域の有志の誰かが「川沿いの自分の僅かの土地を提供するからそこに移転してはどうか」と案を出した。有志は喜んで同意した。

「姥ヶ淵」は埋め立てられて住宅地ができた。さらに人の数が増え、宮内川に橋が必要になった。橋の場所は、人口の多い清水町に近い所が選ばれた。そこは移動した地蔵を祀った場所の少し上流であった。

橋の名は「姥ヶ淵」の名をとって「姥ヶ橋」がよかろうということになった。異論を唱える者は一人もなかった。

この橋の下流には東洋紡績が大きな工場を造っていた。現在は赤レンガの壁がその栄華の跡を僅かに残しているだけである。どの町にも栄枯盛衰の歴史があるものだ。この小さな町もその一つである。

「姥ヶ橋」は、今ではコンクリート造りの立派な橋になっている。

消えた本人

ある年の秋頃であった。

パソコンのセキュリティー会社から契約満了の通知がメールで届いた。早速手続きをしようと思って、手続き手順に従ってキーボードを叩いていると、パスワードが必要であることがわかった。ほかにも登録している会社があるので、プリントしている用紙を保管しているはずだがと、机の引き出しの中を探したがどうにもわからない。しかたがないので画面の指示に従って「パスワードを忘れた場合」という欄をクリックした。ところがうまくつながらない。始めからやり直すことにしてクリックすると、突然「あなたは人間ですか」という質問が出た。パソコンを操作しているのは人間だけと思っていたので少し慌てた。パスワードはセキュリティーにとっては最後の砦だから重要である。

考えてみるとたしかにコンピューターの操作をするのは人間だけとは限らないのだ。コンピューターを操作するようにコンピューターに入力していれば、人間でなくても可能なはずだ。

かつて職場で事務処理をコンピューター化するとき、担当者が冗談に、

「コンピューターは馬鹿ですから、人間が指示したことしかできないのですよ」

と言った言葉を思い出した。こちらが勝手に、直接コンピューターに入力するものだとばかりだと思っていたのが間違いだったのだ。コンピューターに指示しておけば、人間でなくてもよかったのである。だから、「あなたは人間ですか」などという質問がでてくる。

最近本人確認をする機会が多くなった。まずは銀行に自分の口座から現金を出すとき、少し金額が多いと
「免許証をお持ちですか」

と言われる。初めは自分の金を自分が出すのに何で免許証がいるのかと怒りを覚えたものである。しかしこれだけ「オレオレ詐欺」など、これに似た犯罪が多発すると、銀行も大変だろう。

ところで三十年ほど前に、自分の働いていた職場の窓口事務で詐欺事件に巻き込まれたことがある。その頃は「オレオレ詐欺」などはなく、何処の窓口事務も証明書提出による本人確認などしていなかった。

あるとき、本人が住民票を取りに来た。担当者は、申請書の必要事項を確認している途中に、本人の原本が既に転出届によって他市に移動されていることに気がついた。何者かが本人にな

りすまし虚偽の転出届を提出したのである。当時は、本人に生年月日を申告してもらって本人確認をしていた。書類の控えを見ると該当する家族の二名とも生年月日は合致している。他人の家族全員の生年月日を記憶しているくらいだからかなり計画的だったと思われる。三、四月の移動時期には大勢の人が窓口に来るから担当者も逐一記憶していない。手続き的には問題がない。これは明らかに「住民票不実記載罪」の構成要件に該当して犯罪である。当然のこと警察の世話になった。

転出届には必ず転入先を記入することになっているから行き先はわかる。後日、警察から犯人はすぐに捕まったとの報告があった。苦い思い出である。思えば、今のように公的機関の証明書を提示させていれば防げた犯罪であった。今では、住民票や戸籍謄抄本をとりに行けば必ず免許証か健康保険証の提示を求められる。本人確認は当たり前の時代になった。

自分はよく美術館に行くけれども、六十五歳以上になると割引がある。この手の割引は映画館にもある。割引を受けようとすればやはり本人確認の「証明書」がいる。

病院に行けば、カルテを見る場所が異なれば必ず名前を呼ばれる。検査室で採血をする前にはカルテを見ながら名前を読んでやはり本人を確認する。以前どこかの病院で人違いがあって問題が発生したことが発端らしい。

今の時代はグローバル社会になり、人間が移動しなくても、インターネットで他国と意思の疎通が簡単になった。それに伴い、インターネットによる犯罪が増加しているという。先ほどのコンピューターが「あなたは人間ですか」と質問する奇妙な時代である。

ひとたび家から外に出ると、自分の存在が自分以外の「物」で証明されなければ、本人はいないのと同じようなものである。俺は自分であると大声で叫びたくなるが、叫んだとて誰も信じて貰えないとすればあまりにも空しい。透明人間の社会とは映画かマンガの世界と思っていたら、なんのことはない。この現実のことなのである。。

蜘蛛の巣

十一月中旬の昼さがりであった。
川に向かって伸びた桜の枝の先を見ると、蜘蛛がそれぞれに向きを変えて巣を造っている。ややや斜めに射す陽が蜘蛛の糸にきらめいて、いつもなら見えにくい透明な糸の存在がはっきりとわかる。幾つもある蜘蛛の巣の形を見比べていた。すると先端の蜘蛛の巣の向こうに、ライオンズクラブが放流している鯉の優雅な姿が見えてきた。しばらくその場に立ちどまって、蜘蛛の糸と鯉の動きとを交互に見ていると、十五年前の「ＷＷＷ」という文字のことを思い出した。

職場はワープロからパソコンに換わったばかりだった。時期を合わせるように、ある電気メーカーが「ウィンドウズ９８」を搭載したノートパソコンの発売を発表した。早速注文をすると業者は、あまりにも受注者が多くてこちらに廻って来るのは数ヶ月先だと言う。少しでも早く手にしたいので、業務用に先着していた製品を無理に廻してもらった。

パソコンを買ったのには二つの理由があった。一つは当時職場で文書を作成する事が多いから、職場で作った文書をフロッピーディスクに保管して、休日に家でその続きを作ろうと考えたのである。もう一つはNTTに連絡してインターネットの接続をしたかった。首都圏にいる二人の娘とメールのやりとりを始めたかったのである。

その時にはまだホームページという言葉さえ知らなかった。NTTの職員に初歩的なことを教えてもらったが、古い頭脳はなかなか受付けてくれない。それでも環境だけは整った。入門書を読むとなんとなく出来そうな気になった。勇気をだして行動を起こそうとしたとき、最初に出会ったのが意味不明の「WWW」という三個の連続した文字であった。本には書いて無かったので早速娘に電話をして意味を訊いた。「ワールド・ワイド・ウェブ」の頭文字で、直訳すると「世界的蜘蛛の巣」という意味だとのことであった。世界中がインターネットで蜘蛛の巣のように繋がり、情報のやりとりができるからだという。説明を聴いていると、新しい時代が始まったという予感がしたと同時に、未だ経験したことのない不気味さを覚えた。

当時はまだ接続料が秒単位で増えてゆくので、画面の右下に表示される数字を気にしながら操作していたものだ。やがて定額制になり時間を気にすることなく使用できるようになった。その頃には、慣れとは恐ろしいもので、ネット通販の商品を買うことができるまでになっていた。

東京にいる二人の孫の誕生日が近くなるとプレゼントの話になる。何が欲しいかと訊くと、電話の向こうで手元のパンフレットを見ながら、「○○というおもちゃで、番号が××のやつ」という。私はその商品と番号を控えておいて、ネット通販会社のホームページを開く。そして該当の商品と番号を探すと、画面の指示に従い確定のクリックをする。するとすぐに「ただ今注文をいただきました」という会社からのメールが届き、それから二、三日後に「ただいま商品を発送いたしました」とメールが入る。その翌日には、孫から嬉しそうな声で「プレゼントありがとう」という電話がくる。代金はクレジットカードから引き落とされる。印刷されたパンフレットにさえ手を触れることなく、目的の品物の写真が画面に現れ、瞬時の内に売買契約が成立してしまう。実に便利である。しかしあまりにも便利すぎて、一抹の不安が脳裏をよぎる。なにしろ肉声の応答を一度もしていないし、画面の写真と文字だけで作業が終わってしまうのである。

ある早朝のラジオ番組をベッドの中で聴いていると、精神科の医師が、最近「インターネット依存症」という患者が増えて来たと言っている。二〇〇八年の推計では二五〇万人だったから、現在ではもっと多くなっているようだ。一日に三時間以上インターネットをしている人で、特に中学生や高校生に多いらしい。友人に誘われて有名な人の掲示板を一日中見ている。またインターネットのゲームで、出会ったことのない人を相手にゲームをする。それで繋がりを感じているのだという。なんとも不思議な現象だ。一度インターネットに触れると、まるで蜘蛛の糸に触れたように離れにくくなる。世界的蜘蛛の巣とはよく言ったものだ。

自分が家の中でパソコンを使うようになってからまだ十五年しか経っていない。その間に世界は急変した。地球は確実に蜘蛛の巣で覆われてしまっている。蜘蛛の巣は、光の当たる角度によってはまだ見ることができる。しかしインターネットの蜘蛛の巣は、核エネルギーの際に出す放射能に似て、確実に存在しているのに肉眼では見えない。便利ではあるが、不気味な世の中になったものである。

（随筆春秋第四一号掲載・二〇一四年）

イソヒヨドリ

五月の末ごろから、家の近くで小鳥の雛の鳴き声が聞こえだした。声はするのに所在がわからない。寝室の東側の窓辺に耳をそばだててしばらく聞いてみると、西側の洋間からのような気がする。洋間のガラス戸に近づくと、今度は前の隣家の上の方で聞こえる気もする。

そうこうするうちに声が大きくなってきた。そのうえ雛が餌を要求する間隔が短くなるので耳障りになりだした。数はわからないが一斉に叫びだすのだから部屋中に響きわたる。前回と同じように、隣の洋間に入って声のする方へ聴覚を集中した。どうやら寝室よりも騒がしい気がする。ちょうど両部屋の壁の真上あたりで、やや洋間よりだ。これは天井裏だとようやく気が付いた。

翌日外に出て見当をつけたあたりの屋根を見上げると、通風孔がある。下側に向かっているところが大きく開いていた。そこから短い枯れ草のような物が一本ぶら下がっている。間違いなくこの中に巣を作っているのだ。今までの難問がやっと解決したと思ったちょうどそのとき、後ろの上の方にクック、クックと鳴く声がする。振り返って見上げると、黒っぽいヒヨドリほどの鳥が隣家の屋根の先端に直立している。声にトゲがあり、威嚇しているのがわかる。私の動きを監視しているらしい。

一見したところ何の変哲もない鳥だ。一ヶ月ほど前からこのあたりで見かけるようになっていた。ときおり近所の上の方でとても美しい鳴き声がしていたと思ったらこの鳥だったのだ。声に丸みと張りがあるし音色がいい。おそらく繁殖期独特の相手を呼ぶ声だったのだろう。

そういえば雛の鳴き声が聞こえ始めてからは、あの張りのある声を聞いていなかった。入り口らしき所を発見したあの日以来、用事があって外に出ると、必ず頭上の方で例の短い鋭い声がする。留守番役の親鳥が、近所の屋根から絶えず巣を見張っているのだろう。

ある日の朝のことである。約三メートル幅の道路が家の横でT字型になっていて、その真上を道路沿いに電線が走っている。当然電線の接続部分は一番明るい空間ができている。その一番周囲がよく見える場所で、親鳥は動かずに何処を見るともなく留まっていた。おそらく私の様子を見ていたのであろう。玄関を出たとき、向こうは既に私の存在に気がついていたはずである。あまり目立たない色の鳥だから、庭の端まで行って初めて気が付いた。距離は五メートルくらいである。動いていない姿をこんなに近くから見るのは初めてだ。静かに見上げたが動こうとしない。よく見ると腹が茶色である。いつもは隣家の屋根の頂上にいるのを見ていたので、逆光になって腹の色も黒っぽく見えていたのだ。

親鳥は、私が用事を済ませて玄関に入ろうとして振り返って見ると、まだそのまま動いていなかった。

全体の姿と色がわかった。早速インターネットの「ウィキペディア」で探してみた。ヒヨドリは、毎年庭の端の金柑の実を食べに来るのでよく知っている。人間を見るとすぐに飛び立つ。全体的にはヒヨドリに似ているが、生息する範囲や巣作りの場所、姿や色などから察すると、どうも『イソヒヨドリ』という日本に生息する鳥らしい。いつもは見ることがないので渡り鳥かと思っていた。腹の色が褐色なのは雄であることも分かった。

翌日のことだった。寝室と洋間の外は五十センチくらい離れてコンクリート塀になっている。その時私は洋間の窓際で机に向かっていた。突然パッと空気を叩くような音がしたので外を見ると、親鳥が塀の上に留まっていた。戸は開けているが、網戸と白いレースの窓越しである。その留まった真上が巣の入口なのだ。ほんの瞬時の出来事であった。

それから二日後の午後のことである。また近くでパッと音がしたので外を見ると、この前の場所と同じ所に、何かの幼虫を咥えた親鳥が留まっていた。体を動かしながら辺りを見回している。今までのような緊張感がない。そのとき親鳥がこちらを見た。首をかしげて家の中を確

かめている。しぐさに人なつこさが感じられる。自分の目と合ったような気がした

今までに、メジロ、ヤマガラ、文鳥、セキセイインコと、子どもの頃から小鳥を飼ってきたが、目の前にいる鳥は、まったく無防備で籠の中にいる鳥と同じに見える。なにやら自分に話しかけているような気がしてきた。翻訳すると大体こんな感じだ。

「ムダンデヤネウラヲカリテモウシワケナイ。コドモガオオイノデドクショノジャマヲシタ。モウスグココカラデテユク。シバラクガマンヲシテホシイ」

同居している者同士の了解し合った無言の会話である。それは十五秒近くのわずかの出来事であった。私の姿が見えたか見えなかったのか、はたしてどちらなのだろう。

それから二、三日後、雛たちの声が聞こえなくなった。急に部屋の中が広くなったような気がした。小さな声が聞こえ始めてから半月ほどあとのことであった。

（随筆春秋第四〇号掲載・二〇一三年）

安曇野の秋

十年近く前のことである。八幡浜市民ギャラリーで『上田太郎絵画展』が開催されていた。地元出身の洋画家でかねてから名前は聞いていたが、本人に会ったことはなかった。

会場に入るとすぐ右手に、百号を超える絵が掛けてあって、画面の大半がピンクの杏の花で埋まっていた。遠くには冠雪の山脈が望める。画面から杏の花の薫りが漂って来るようだ。題は「安曇野の春」であった。

五十点前後はあったろう。その全ての絵の中には「槍ヶ岳」が描かれていた。

あるとき、友人五、六人の懇親会に席を加えてもらう機会があった。会場は、段取りしてくれた友人の別宅で、部屋に入ると私の席が用意されていた。

席に着いて斜め前を見ると、入り口からはよく見えなかったが、壁に大小四枚の風景画が並んでいる。どこかで見たような気がしたけれども、すぐに思い出すことができなかった。

アルコールが廻り始めてしだいに声が高くなってきた。絵のことは話題にならない。そこでタイミングをみはからって、

「あの絵は、誰の絵ですか」

と、誰にともなく言ってみた。すると、向こう側の左手にいるUさんが、即座に、

「上田太郎です。私と同級生で、今は長野の安曇野に住んでいます」

「あの山岳画家の」

「そうです。山ばかり描いています。イーゼルをかるって登ります。それも槍ヶ岳ばかりです」

「じゃ、何年か前に、八幡浜市民ギャラリーで個展がありましたですね」

「やりました。この絵もその時に出していたものです。」

どこかで見たような気がしていたのはそのせいだったのだ。ここにある作品も全て槍ヶ岳が描かれている。右端に、小品だが、まるで屏風を立てたような北アルプスを遠景に、紅葉が始まっている田舎を描いたものがあった。色の配色が素晴らしい。

上田画伯が長野県の安曇野に住んでおられることを初めて知った。それだけではない。このときまで、私は安曇野が何県にあるのかさえ知らなかった。いつだったたか、大学生で我が「愛媛県」を「えひめ」と読めない者がいるという記事を読んだことがある。県名くらいは知っていて当然だと思っていたが、自分も似たようなものであった。

話し相手がいつのまにかUさんの二つ隣にいる同級生に変わり、蜜柑作りの話題になっていた。農作業の話を聴きながら、先ほどの壁に掛けてある絵を横目でチラチラと見ていた。すると自分の中に妙な感情が蠢き始めてきた。やはりこれは今言葉にしなければならない。Uさんは別の人と話に夢中である。間合いをみて、

「先の絵の話ですけどね」

と、こちらに引きつけた。そして、絵の方を指さしながら、

「あそこの中で一番小さいやつは、どのくらいの値段ですか」

「たしか額の裏に書いてあったはずだが」

と呟きながら席をたったので、自分も一緒にその絵の前に行った。

Uさんは額を外して裏を見せてくれた。「F４号・『安曇野の秋』・〇〇万円」と書いた紙が貼ってあった。

手に取って見ると、最初に少し離れて見たときよりも格段によくできていた。畑の土の臭いさえも感じられるほどに描き込まれている。この絵ならば、毎日見ていても飽きはしないだろう。家の洋間に一ヶ所だけ額を掛ける場所がある。あの場所に丁度よい大きさだ。美術評論家洲之内徹の本に、「金が無いときは盗んでも自分のものにしたいと思う。それが良い絵だ」と

書いてあった。プロの画家の絵を今まで数多く見てきたけれども、所有欲は起きたことがなかった。ところが今は自分のものにしたい。

自分としては、最初にして最後となるに違いない大きな決断をするのだ。少し意気が高揚しているのを感じながら言った。

「上田画伯に、この絵を買いたい旨を伝えて貰えませんか。都合のよい時でかまいませんから」

それから数日後、Uさんが、上田画伯からの領収書とともに、額に入った絵とポストカードが十二枚入った紙のケースを持ってこられた。表に「上田太郎・槍ヶ岳を描く」と印刷されていた。

『安曇野の秋』と題する額は、自分の机の前に掛けた。落ち着いた雰囲気のなかで再度見てみると、中央からやや下に、農道が曲線を描きながら見え隠れしている。その道を、力弱く黄色味を帯びた秋の陽を背に感じながら、一人で家路を急ぐ少年期の自分の姿が見えてくる。計算された色合いが、無意識の底から記憶の一部を引き出すのであろうか。

一度だけでも、安曇野のこの場所に立ち、鋸の刃のような北アルプスを眺めてみたいものである。

ジャパニーズ・バドミントン

十二月の中ごろだった。少し喉がおかしいので、市販の風邪薬を飲んで横になった。ベッドの横に置いているミニコンポのスイッチを入れた。常時ＮＨＫ・ＦＭ放送に周波数を合わせてある。音が左の耳から入ってきた。

すぐに「音の風景」という番組になった。数人の「三本締め」があり、店主の「おめでとうございます」という威勢のいい声が終わると同時に、客が揃って拍手している。浅草寺境内の「羽子板」を売っている店の音であった。「羽子板」は末広がりでめでたいものだと店主が話している。「三本締め」の音が遠くの方にあちこちから聞こえてくる。年末の浅草寺では「羽子板市」が恒例らしい。

今ごろ「羽子板」は珍しい。子どものころは「羽子板」が正月になくてはならない物だった。黒いムクロジの実に羽がついていて、これを「羽子板」で空に打ち上げながら、落とした方が負けるという遊びであった。姉たちと遊んだ遠い昔を思いだしていた。

するとある店に外国人の客がきた。どこの国の人かはわからない。その人は、「羽子板」を指して「ジャパニーズ・バドミントン」と言った。なるほど意を得た表現だ。と感心したとき、ふと若いころ読んだ本の中に、日本の女性の着物を「ジャパニーズ・ワンピース」と書いてあるのを見て、違和感が湧いてきたことを思いだした。

その頃は大学紛争で日本中の同世代の若者がなにがしかの影響を受けていた。その本を書いた学者は学生よりの考えの人だった。自分にはどうして「和服」を「ジャパニーズ・ワンピース」と表現しなければならないのかよくわからなかった。

また別の人の本では、「能楽」のことを、「ジャパニーズ・オペラ」と書いてあった。このときも同じような気持ちになったものである。

外国人向けのガイドブックであればさほど気にすることではなかったろう。そうではなくて、明らかに日本人の読者を対象にした本だった。

昭和二十一年に、内閣は国語審議会の答申に基づいて「当用漢字」を定めた。にも係わらず時代は戦後まだ二十数年くらいのころであったから、言葉についてもいろんな意見をいう人たちもかなりあったらしい。志賀直哉は、フランス語がよい（志賀直哉随筆集・岩波文庫）とか、哲学者の山田廣行はひらがな表記にすべき（論理学・田畑書店）だとか、ある人はローマ字がよいと言ったような具合であった。

漢字は字画数を戦前より簡略化して少なくしていた。ところが現在では、その流れに逆行して字画数の多い漢字が復活してきた。理由としてはパソコンの普及があるらしい。現在の日本語は、「ウィンドウズ９８」の普及後、この十五年間にＩＴ用語が急激に増えた。我が家に市から毎月配布される広報紙にも「コンテンツ」というカタカナ文字が出ている。

今は、日本の伝統的な文化を大切にしようという社会風潮が芽生えて来た。「ジャパニーズ・ワンピース」などという言葉の類は、もう死語になっているとばかり思っていた。ところがそうではなかったのだ。「ジャパニーズ・バドミントン」という言葉は、英語圏の人間の創造した言葉であろうと思う。友人はタイで年金生活を送っているけれども、若い頃アメリカ生活を経験しているので語彙が少なくても日常生活には困らないらしい。たしかに英語を知っていれば外国との交流は便利だろう。しかし、日本に来るほどの人は、それが日本固有の伝統的なものであれば、やはり日本語で話してもらいたいと思うのは、旅行知らずの人間の考えることなのだろうか。

浅草寺には、遠距離のこともあって今までに二度しか行ったことがない。しかも時期が年末でなかったので、境内で「羽子板市」が行われていることを知らなかった。街中を散歩しているとバドミントンをしている若い家族を見ることは時折あるけれども、「羽子板」で遊んでいる姿を見ることは皆無である。

ＦＭ放送の「音の風景」を聴くまでは、私の頭の中にも無くなっていた。羽子板で遊ぶ姿は無くなっても、縁起物として今なお浅草寺境内で「市」が続けられていることはありがたい。縁起物として売られているのだから、おそらく豪華な飾り物が施されているにちがいなかろう。外国人がその「羽子板」の芸術品ともいえる美しさに、おもわず「オー・ジャパニーズ・バドミントン」と感嘆の声を発して、食い入るように見つめている姿を想像してみることは何となく面白い。

先日県都松山市の近くに出来たショッピングモールで孫たちに会った。昼食後に一歳半の孫と通路を散歩していると、両側の店の名がほとんどローマ字表記であることに気が付いた。漢字は「無印良品」と「中国料理」だけであった。私が見た店だけでも数十あったから、施設全体でも日本語の店はわずかしかないだろう。こんな田舎でさえこの有様だから、目の前を歩いている孫が自分の年齢になる頃には、どこかの国のように国語が英語表記になっているのかもしれない。

（随筆春秋第四二号掲載・二〇一三年）

喜木川

喜木川は、河口で川幅が二十メートル前後、長さは川之石港から見える出石山が源流だから十四，五キロ程度である。もちろん川の名は市販の観光地図には印刷されていない。

上流にゆくにしたがって、出石川、野地川に分かれる。自分は、野地川の更に上流で、小川と呼ぶに相応しい川沿いの家に生まれた。昭和十九年六月である。のちに母が話してくれたところによると、当時の画用紙の大きさに入るくらいの未熟児で、近所の人が家の前を通るときは、

「坊はまだ生きとるか」

と言うのが、挨拶がわりであったらしい。それほどの未熟児にもかかわらず、新生児死亡率が高かったといわれる戦後の混乱期の中を、無事に育ててくれた両親の苦労は想像を遥かに越えていたと思われる。

もの心ついたころには、家の裏の川の水は現在よりも澄んでいた。朝起きて顔を洗うのは、

流れてゆく清らかな水であった。時には木の葉が流れてくることもあったが、それを見送り両手を入れてすくい上げた。

少し川上に、淵ができていた。その中で近所の子どもたちと泳ぐのが楽しみの一つだった。反対に家の近くの下流には、不気味な底の見えない淵があった。そこは、隣の家を放火した犯人が投身自殺をしたところで、家の近くでありながら淵がどのような形をしているのかさえ見るのも恐く、自分の心の闇の部分となって長く生き続けた。

小学校は、この川の下流にあった。川に沿って道路がついていた。子どもの足で三十分ほど下ったところにある。私が入学したとき、三年制だった分校が独立をして、六年制の学校として、二階建ての校舎が新築されることになった。学校の近くにある集落のお堂やお宮が、各学年ごとの仮の教室になっていた。

新入生は、自分の家から下流側に十五分ほど下った隣接している集落のお堂であった。そこは道路から五、六メートル上にあったが、運動場らしきものはなかった。運動場が無くてもその頃の子どもはみな、田畑や山の中を走り廻っていたので、特に不自由を感じた記憶はない。

やがて学校が完成した。旧校舎は機械でそのまま川下側に数十メートル引っ張り、職員室や講堂として使われた。校舎と職員室とは渡り廊下で繋がり、その一部分に屋根が付いていたが、雨の日で風があるときは、廊下が濡れて滑るので歩きにくかった。

運動場は以前よりも広くなっていた。入学した頃は、どうして運動場が広くなったのか分からなかった。それが分かったのは二、三年ほど後に、運動場の下の川を友達と探検をしてからである。校舎の前に川が流れていたのだが、川の部分をコンクリートで蓋をして、その上に土を盛り、ひと続きの広い運動場ができていたのだ。

ここはまだ野地川の流域で、もう少し下ると隣の山あいから流れてきた瀬田川と合流して、喜木川になるのである。

山奥の学校ではあるし、人数も一学級二十人ほどだったので、刺激はなくのんびりした六年間であった。

ただ一つ忘れられない出来事といえば、三学年のときのことである。担任は女のY先生だった。授業の休憩時間に、元気な男の子と一緒になって、返してもらったばかりの試験の答案用紙で、飛行機を作って飛ばしていた。ところが授業が始まるやいなや、

「飛行機を飛ばしていた者は、みな帰りなさい！」

と、大きな声で叱られた。すると、時間中なのに、男子の誰かが立ち上がって帰りしたくを始めた。それに続いてほかの連中が自分を含めぞろぞろと教室を出た。運動場の真ん中あたりまで来た時、男の先生が追っかけて来た。

「おまえたちは、何をしている！」

「先生が帰れと言うので、帰っています」

と誰かが答えた。すると、

「馬鹿者、早く教室に入りなさい！」

と、また大きな声で叱られた。みんなはしぶしぶ教室に戻った。

今にして思えば、授業放棄やストライキとも取れないことはないが、反抗期のなかにあったのであろうか罪悪感はなかった。

当時は新しい教育制度ができてまもなくの頃だし、田舎の小さな学校のこともあったせいか、何事もなかったように平常にもどった。

霞のかかった山あいの閑静な環境のなかでのただ一つの出来事として、いまだにそのことが鮮明に印象として残っている。


中学校は、この喜木川を更に下ったやはり川の畔にあった。川沿いに道路があり、家から約一時間かけて通学した。川の中流くらいだから、水の流れは緩やかになり、川幅も家の裏の川に比べると数倍も広くなっていた。

ここでの三年間で、ようやく自分の心の中の世界が広くなった気がする。特に国語や美術の時間で、記憶に残る先生に出会ったのもこの頃である。また、喜木川を飛び石伝いで対岸へ渡ると、学校が管理している水田があって、稲作の植え付けから取り入れまでの実習があった。

三年になると教室は二階になった。校舎は道路より低い所に建っていたので、道路から細い道が、職員室の方へ斜めに下っていた。職員室の横には図書室があり、その裏に喜木川が流れていた。

傾斜のある細い道の向こうに畑があり、教室に近い道端に一本の杏の木があった。自分の席は杏の木の近くで窓際だった。数学の時間中に、この杏のピンク色の花があまりにも美しいので、見とれていた。すると突然後ろから教科書で思いっきり頭を叩かれた。先生の来る足音が全く聞こえなかったから、陶酔状態にあったのだろう。人に頭を叩かれたのは、生まれてこのかた後にも先にもこの一度だけである。杏を噛んだときのような味を含んだ、甘酸っぱい忘れがたい一つの事件であった。

中学を卒業した。身のうえにいろんなことが起こり、家を出て街中に下宿したのが二十二歳の頃である。毎夜聞いた、川のせせらぎの音とも別れなければならなかった。

街中で生活をし、結婚した。子どもができて、借家では部屋が狭くなり、新築して引っ越すことになった。そこは保内町の宮内という所だった。家の場所探しは、自分達の収入に見合う場所と建てる時期を考えれば、そこが一番適当だろうというくらいで、特に喜木川を意識していたわけではない。あとで気が付いてみるとまたもや喜木川の傍であった。

川と自宅との間には、川沿いの三メートルほどの道と、住宅が一軒あるだけである。家から見ることはできないが、雨上がりの後などに水嵩が増すと、流れの音が聞こえてくる。

喜木川の下流で、この先大きく左に曲がりながら一キロほど下ると、川之石湾に入るのである。家の斜め前に「浜出橋」という名で、長さ十二、三メートルほどの橋がある。この橋の真ん中あたりから上流の方角を眺めると、出石山が見える。富士山の形に似て、この山はここから眺めるのが一番美しい。

晴れた日には、毎日のようにこの橋の上から故郷の山を眺める。すると足元の喜木川の水が、入り陽を反射して耀き光の束となり、蛇行をしながら私の記憶と共に過去に向かって逆流してゆくのを感じる。その先には、子どもの頃寝ながら聞いたさわやかな水音や、透きとおった水の冷たい感覚までが、鮮やかに甦ってくる。

今の家に落ち着いてからすでに三十四年になる。田舎では、何処にでもある短い川であるが、自分にとっては、現実と過去を繋ぐ一本の丈夫な、様々な色の記憶の糸を紡いだ長い組紐のようなものなのである。

御利益

高等学校の就学旅行は東京、日光など関東方面であった。都内の見学の一つに浅草寺があった。

本堂でお参りを済ますと、『お札』を売っている所に行った。一通り目をやると、掌よりは少し小さめなお経があった。表には『観音經』、裏には『東京淺草公園・淺草觀音・淺草寺』と印刷してある。

「これをください」

座っていたお坊さんに差し出すと、お坊さんは顔の向きを変えて、いぶかしげに私の顔をじっと見つめた。

開けてみると、全体の長さはおよそ一・五メートルはあった。表面には、「開経偈」「妙法蓮華経観世音菩薩普門品第二十五」「般若心経」「延命十句観音経」「回向文」の「音読み」のルビがあり、裏面には「訓読み」が載っていた。

その後、この「お経」は、家の机の引き出しの中に置いたきりになっていた。のちに結婚してから、外出するとき小さなバッグを持ち歩くようになった。その時、バッグの中のポケットに、浅草寺で買った「観音経」を入れることにした。

あるときオートバイの荷台の籠に、荷物と一緒にバッグを入れていたら、着いた時にバッグが無かった。どこかで荷台の籠のなかから飛び出たらしい。中には自動車の免許証と現金の入った財布を入れていた。すぐに警察署へ走り、それからキャッシュカードの銀行に電話で届けた。もう還ることはあるまいと諦めていた。

翌日のことだった。県道沿いのスーパーマーケットから電話がはいった。

「あなたの免許証の入ったバッグが、当店のトイレのなかのゴミ箱に入っていました。預かっていますので事務室までおいで下さい」

と言う。早速出かけた。係の人は、

「掃除をしている者が見つけたのですが、中を見ると財布の現金が無くなっていました。免許証で電話番号を探してすぐにお電話しました」

と言う。見ると確かに自分のバッグである。中を確認すると現金だけが無い。小さなポケットの中に入れていた「観音経」もあった。このポケットを開けたとき、「お経」があったので気持ち悪くなったのであろうか。それにしても、現金だけ抜き取るのが、この手のやり方であることを初めて知った。

五年前のことである。図書館で本を読んでいた。バッグを置いたまま席を立ったほんの数分のわずかの時間に、置き引きにあった。二代目のバッグで、以前のより少し大きかった。すぐに前回と同じく、警察署と銀行に手続きをした。

それから三ヶ月ほどして、警察署からバッグが見つかったとの連絡があった。図書館から一キロほど離れた道路工事現場の草むらの中にあったとのことだった。財布は無く、小銭入れは中身が無かった。免許証があったので作業員が届出たとのことである。中にはやはり、「観音経」を入れていた。草むらの陰にあったせいか、雨に濡れた形跡はあったが充分使えそうだった。

それから一年近く経った頃、警察署から財布が見つかったとの連絡があった。中には、キャッシュカードと保険証が入っていたのである。状況を聴くと、文化会館ロビーの清掃をしていた業者が、館内案内板の台を動かしたところ、財布が出てきた。併設されている図書館から出てロビーをとおり、入り口あたりで財布を出し、現金だけ抜き盗って台の裏側に捨てた。バッグは持ち出して、道路端の草むらの中に放り捨てたものらしい。

別の話になるけれども、二〇一〇年に宇宙探査機「はやぶさ」が帰還して、日本中が湧いたことがあった。ある日、テレビのスイッチを入れると、「はやぶさ」に関する番組の途中だった。

研究所の職員が、故障した部分をどうすれば回復できるか、全員で思考を重ねていた様子を説明している。それによると、責任者の教授は、故障した部分の名称と同じ名前の神社が、中国地方の田舎にあることを知った。そこへ行って神社の『お札』を貰ってきた。そしてこの『お札』をそれとなく研究所の隅に置いていた。すると、職員がそれを見つけて、思考に行き詰まると、『お札』の前に立ってじっとしている。しばらくするとまた席に戻って考える。職員が交互にそれを繰り返す。やがて解決策が決まり、無事帰還することができた。この番組の案内者が、

「どうですか、御利益はありましたか」

と訊いた。教授は、次のように答えた。

「『お札』の前に立って何を考えていたのかは分かりませんが、結局解決策ができた。そういう意味では、御利益があったということではないでしょうかね」

という内容であった。そして最後に、全員でお礼参りをして、記念撮影をした写真を報道していた。


自分の場合、二度も無くしたバッグが手元に戻ったことは、現金が抜かれているので御利益が無かったともいえるし、「お経」と一緒にバッグが戻ったから御利益があったともいえる。

気持ちとしては当然後者をとりたい。しかしこの「御利益」という言葉は、あまりにも現世的すぎてどこかしっくりこないところがある。

神道では、「はやぶさ」の例のように、「御利益」を前面にだしているところが多い。愛媛県のある神社では、商売繁盛の神様といって、お賽銭を貸してくれるところがある。その金で祈願をし、来年借りた分を返すのだという。ここまでくると物質的な感じがするが、それでも三日間で二十万人ほどの参拝者あるというから、それなりの「御利益」をいただいているにちがいない。

今回のように、バッグの中に、キリスト教の「聖書」やイスラム教の「コーラン」を入れていても、同じような結果になったかどうかはわからない。やはり「御利益」といっても心の様相が問題であると思うので、過度な執着はせずに、平穏な生活をするのが最善の方策なのだろう。

ともあれこの春、少し大きい三代目のバッグに買い換えた。中には仕切りが三つあって、外側の小さな部分に、やはり同じ「観音経」を入れている。

漫画

昨年の夏に右手の手術をしてからもうすぐ一年になる。分厚い本は右手に負担がかかるので、できるだけ文庫本を読んでいる。昔は、文庫本といえば、単行本で有名になった本が文庫本になっていたけれども、近年は、最初から文庫本で刊行されている本が多い。今読んでいるのは、その類ではなく、文庫本になった、テレビでおなじみの「サザエさん」である。朝日新聞社が一九九四年に刊行した文庫版・全四十五巻を東京本社に一括注文して買ったものだ。

正確には最初の二巻は書店で買った。その後数年して全巻が欲しくなり、本社に電話を入れるとまだ在庫が残っているとのことだったので、二巻だけを除いて残り四十三巻を注文した。

繰り返し読むと、長谷川町子という人は、「サザエさん」を書くために生まれてきたのではないかと思ってしまう。次から次へとよくもアイデアが湧くものだと感心する。この人は人間の動きを非常によく観察している。それにデッサンがしっかりできているので、複雑な姿でもよくわかる。なかには言葉がひとつもないのに、四コマ目には思わず吹き出してしまうものもある。
本棚には、このほかにも手塚治虫の「ブラック・ジャック」(秋田書店)十六巻がある。この本は分厚い単行本なので最近は読んでいないけれども、これまでに三回読んだことがある。自分の感想としては、手塚治虫の作品のなかでは、子ども向きの「鉄腕アトム」は別にして、大人向きとしてはこの本が最高傑作ではないかと密かに思っている。漫画でこれほどの「動き」を表現できるのは彼しかいないだろう。日本が漫画大国になれたのは、「手塚治虫」が存在していたからだという説もあるくらいだ。

山間の小さな小学校に私は入学した。高学年になった頃から漫画が好きになった。当時は学校制度が「六・三・三」制になってまもなくだったから、小学校の雰囲気は現在とは問題にならないほど自由に感じられた。田舎のことだし貧しい家庭が多かったので、学習塾は無い。その頃には、「漫画王」、「少年」、「少年画報」という月刊の漫画雑誌があった。雑誌を買うと「付録」がいろいろ付いていたが、漫画だけが別冊になっていたのがあった。六年生の担任の先生は、家にある別冊の漫画本を学校に持って来させて、教室の後ろに並べた。試験のおりに、出来たものからその漫画を読んでもよいという、風変わりな先生だった。そのような時代だったから、教科書以外の知識はほとんど漫画から得たものだった。同級生たちも漫画に夢中であった。しかし、そんななかにも、漫画は小学生だけが見るものだという暗黙のルールのようなものが自ずと感じられて、中学生になると全員がピタリと止めてしまった。それ以来漫画の世界から遠ざかっていた。

私の子どもが小学校に行きだした頃、図書館のリサイクル市があった。見ると白戸三平の「ワタリ」が数冊紐で縛って並んでいた。それを買って子どもに内緒で自分の本棚の隅に置いていた。それに手塚治虫の「火の鳥」(角川書店)を全巻揃えた。その頃子どもが三人いたのだが、長女が中学校に行きだしたとき、自分用にしていた本棚のある部屋を、子ども部屋として使うことにした。上の二人が順次首都圏の大学に入ったので、本棚を整理していたら、「ワタリ」と「火の鳥」が無い。大体察しはついたが、三番目の子どもがまだ家にいたので、そのままにしておいた。やがてその子も家を出たので部屋を整理をしていると、やはり「ワタリ」と「火の鳥」が、表紙がはずれたりページが飛んだりして、あられもない姿で出て来た。三人が廻し読みをしていたのである。漫画に夢中になった親の子だからしかたがない。修復の出来ない「ワタリ」は捨てることにして、「火の鳥」はセロテープで貼った。買ったときには十二冊だと思っていたのに十一冊しかなかった。何とか元通りにして自分の本棚に戻した。

最近の漫画は、特に新聞の四コマ漫画が面白くない。絵がまずいので、あらから見る気がしない。読んでみると、会話は面白くできている。漫画は字のとおり「画」がよく出来ていないと興味が湧かないのだ。

今年になって歯科医院にたびたびお世話になりだした。待合室には本棚があって、「漫画」の本が並んでいる。私も時折読まして貰うけれども、かつて夢中になった頃の漫画ではない。高校生以上が対象だと思う。それに、この頃のテレビドラマの原作が「漫画」だというものを見るときがある。原作が何であれ、脚本がしっかりしていればよいのだからとやかく言うことはない。もはや「漫画」は「マンガ」の時代になったのだろう。

音楽、絵画、彫刻など、芸術一般が昔の鑑賞眼では通用しなくなっているから、「漫画」も別な見方をしなければいけないのだ。

私は、第一次漫画ブームの洗礼を受け、生え抜きの漫画愛好家だと自信をもって来たけれども、人間が古くなってしまったのだと、加齢と共に強く感じてしまうこの頃である

霧の町

三年前のことである。妻の定年後の再就職先として、高知県境にある小さな山間の町に、二、三年という期限付きで同行することになった。

到着した日に荷物の片付けを済ました。その翌日、新しい土地なのに、平常どおりに気持ち良く目覚めたので、習慣になっている散歩をしようと窓のカーテンを開けた。ところがまだ薄暗い。よく見ると庭一面の濃霧である。植木の根方は見えているが数メートル先は何も見えない。今まで海岸の街で生活していたからこんな朝霧は見た事がない。

散歩とは文字どおり周囲の風景を見ながら歩くものだと思っていたから、これでは、まるで『提灯』を持って歩くのと同じで、見えるのは足元と僅かの範囲だけだ。これを見たとき爽快な気持ちがとたんに反転してしまった。

期限付きではあるがこれからこの町で生活しなければならないのだ。毎日こんな濃霧が街中を覆うのだろうか思うと不安になった。それならば朝の散歩も再考する必要がある。

本からの知識によると、霧と雲の違いは基本的に同じだが地面に接しているかいないからしい。朝霧は夜中の空気の気温差が激しい時に起きる現象という。ここの地形は四万十川の上流で、周囲を山で囲まれ盆地の真ん中を川が流れている。この川の水温が影響しているのだろう。まさか毎朝濃霧になるとは限らないだろう。こんな朝には休むにかぎる。

外に出ないと決めたら余裕ができて、霧に関する絵画や映画の場面が記憶に甦ってきた。芸術家は、霧という不思議な現象を巧みに利用して後世に残る名作を残した。長谷川等伯の『松林図屏風』や菱田春草の『落葉』も霧の濃淡の効果をねらったものだ。未だに繰り返し上映されている映画、『カサブランカ』のラストシーンは、霧を演出の中に入れなければあれほどの名作にならなかったかもしれない。『ガス燈』もそうだ。

どちらもその霧は、今朝ほどの濃霧ではない。絵にならなければ意味がないから、画中の対象や役者の姿がほどよく見え隠れしている。

今まで自分は霧を客観的に把握してはいたが、霧そのものの中にどっぷりとつかった生活をしたことが無かった。考えてみるに自分は、初めて経験する生活そのものの霧という、見えはするが掴みどころのないものに、思考も行動も絡め捕られて成す術を失っていたのである。

考えがそこまできたとき、突然近くの道路を走り去る自動車の音が聞こえた。かなりのスピードを出しているようだ。早朝のこの活動的な音を聞いたとき、霧のために外界と遮断していた脳裏が、外に人間の存在を感じたものだから、不安な心が薄らぎ安堵の気持ちが湧いてきた。それと同時に今まで消極的で外出を止めようとしていた心に好奇心が強く起こった。一度だけでも歩いてみたい。

玄関を押して扉を開けるとひいやりとした空気が入り込んだ。これが霧の正体なのだ。一歩外に出れば霧の中に自分の形が消えてしまう。庭のツツジや大きな銀杏の幹と同じに、実体は存在しているのに無に等しい。

道路に出ると右に折れ、下流に向かって川沿いに歩く。視界は五、六メートル程度だろう。突然急に前方から茶色の耳が垂れた小さな子犬を先にして、薄いブルーの上下のジャージを着た若者が現れた。

「おはようございます」

先にその男が大きい声で挨拶をしてすれ違う。私もそれに答えながら四、五歩行ってふと立ち止まり、振り返った。その時には、人と犬の姿はもう霧の中に消えていた。

さらに二、三分ゆくと左に橋がある。近寄って橋の銘板を見ると『武士狩野橋』と読める。このあたりは、古戦場か狩りをした場所なのであろう。甲冑姿で馬に跨り、血煙を上げて叫んでいる武士たちや蹄の音が、川の流れの音に混じって、霧の向こう側から聞こえて来そうな気配である。しばらく佇んだ。

橋の長さは二十メートル足らずだろうが、憂鬱な今の気分は橋上の人となる勇気を持てず、今来た道を引き返した。

その後も濃淡に違いはあってもほぼ毎日のように霧が街を包んだ。

やがて柿の実が目立つようになった頃、左指に異変を覚えて「肘部管症候群」の手術をした。詳細は不明だが加齢が原因の一つらしい。一週間ほど入院して生活に困らないほどに回復した。

自分はこの知らない土地と霧の生活がつくづく嫌になっていた。

妻にその旨を伝えると、気持ちを察したのか反対の意思表示をしなかった。

ようやく一年間の霧の生活から解放された。

（随筆春秋第四三号掲載・二〇一一年）

瞽女《ごぜ》ヶ峠

保内町に「瞽女ヶ峠」と呼ばれる峠がある。子どもの頃から時折耳にしたことはあるが、少し暗い感じのする不思議な響きを持っていた。その峠が、隣の町にあることが分かったのは、自分が中学校に行き始めてからである。

数学に「平家」という姓の先生がいた。この先生が同級生の間で話題になったとき、「平家先生は保内町の人」だと言った生徒がいた。それにその町には「瞽女ヶ峠」があると言った。峠の所在が分かったとき、今まで漠然と頭のなかに漂っていたものがすっと鮮明になった気がした。

平家の落人伝説は西日本の各地にあるけれども、四国では徳島県の祖谷渓がよく知られている。一度行ってみたいと思いながら未だに実現していない。だが、その平家の落人伝説が実は保内町にもあった。

伝え聞くところでは、壇ノ浦で敗北した平家の落人が、伊予灘と宇和海が望まれる「瞽女ヶ峠」あたりまで逃げのびてきた。どれほどの人数であったか定かではない。あるとき、宮内川河口の田に舞い降りた白鷺の群れを目にして、源氏の白旗と勘違いし、もはやこれまでと、一組の男女を残してみな自害し果てたというものであった。史実の真偽は別にして、この峠の麓の宮内側に、「平家谷」「鼓尾」「両家」という平安時代を連想する地区名があり、峠の中腹には「平家神社」と書かれた小さな祠が祀られている。さらに、町家には「平家」という姓が数十戸ある。中学時代の数学の先生がそれであった。

人生には縁としか言いようのないことが起きることがある。成長してから八幡浜市内を転々としていた自分が、家を建てて落ち着いた所が隣の町の保内町であった。そしてそこで三十年近く経った。

あるとき、何が切っ掛けだったか記憶にないけれども、水上勉の小説「はなれ瞽女おりん」を読んでいた。するとにわかに「瞽女ヶ峠」のことが気になりだした。「瞽女」という文字がどちらにもある。「瞽女」の意味を調べようとする意思もなく今日まできたが、小説を読んでいるうちにようやく分かった。こどもの頃の直感は的外れではなかったのだ。「瞽女」は、やはり暗い宿命と闘いながら生きてゆかねばならない女性たちであった。小説での舞台は北陸地方であるが、保内町との関わりはどうなっていたのだろうか。「瞽女」に導かれて図書館の扉を開けてみることにした。

入り口の正面にある「郷土資料」の棚を探していたら、「愛媛の峠」という小さな本を見つけた。愛媛新聞社発行で、編集局が昭和四九年六月三十日に作成している。目次をみると、「瞽女ヶ峠」があった。

それによると、「昔、平家の落人たちが『瞽女ヶ峠』に目の不自由な女を住まわせ、峠を越える旅人の話し声を聞かせていた。目の不自由な人は音に敏感だから、どのあたりの人間か察しがつく。そうやって追っ手を警戒していた」という。越後の「瞽女」との関係があるのかと思っていたがそうではないらしい。当時は、目の不自由な人を指してそう言っていたのだから、地域を意味していないのが当然で、「はなれ瞽女おりん」とは無関係なのだ。こちらが勝手に思い込んだいただけである。

愛媛新聞社の調査を更に読み進んでいくと、今まで知らなかったことが分かってきた。歴史的に有名な人物高野長英が、『瞽女ヶ峠』を越えていたことであった。

彼は「蛮社の獄」の事件の後、脱獄して一年ほど宇和島藩主に庇護されていた。やがて追っ手に気づき、長崎で「鳴滝塾」の同門だった二宮敬作のいる旧東宇和郡宇和町を経由して「瞽女ヶ峠」を越え、敬作の出生地保内町磯崎地区に一泊し、広島に向かったという。さらにもう一度、鹿児島から宇和町の敬作宅を訪問し、やはり「譬女ヶ峠」を越えて江戸に出たらしい。

高野長英がこの地に来たのは、長崎にいたシーボルトの「鳴滝塾」で共に蘭学・医学を学び、その後宇和島藩に仕えていた二宮敬作の力によるところが大きいと言われている。この二宮敬作は、シーボルトの娘「楠本イネ」を養育し、日本の女医（産科医）第一号を世に送り出したことで広く知られている。

「譬女ヶ峠」は標高三〇〇メートル足らずであるが、地形からして交通の難所であった。やがて自動車の普及とともにこの峠にも県道ができた。自分も一度だけ磯崎地区まで自動車で峠を越えてみたが、それでも上がるにしたがって鬱蒼とした大きな杉や桧のなかをつづら折れに曲がりくねり、慣れない運転には大変で、およそ一時間近くかかって到着したときには疲れてしまっていた。

峠の中腹には、小さな溝から集まった水が小川と呼べるほどの水量になった所に、二メートル程のコンクリートの橋が架けられている。「平家神社」があるのはこの橋を渡るとすぐ上である。

地区の老人会の人たちが主体となって、何時の頃からか「平家谷そうめん流し」を始めた。最近行政側も観光の目玉として力を入れ、県道側の旧傾斜を削り、駐車場や遊園地を整備した。

毎年観光客が自動車で来て、親子連れで賑わっている。自分も子どもや孫たちを連れて数回遊びに行ったことがある。「流しそうめん」だけでなく、小さな池にマスを飼って、子どもたちに「マス釣り」をさせ、それをすぐに大きな火鉢で塩焼にして食べさせてくれる。小川の清流は真夏でも冷たく、子どもたちが沢蟹探しに声を弾ませる。今では、「訾女ヶ峠」の名よりも「平家谷そうめん流し」と、新しい時代の呼び名に変わった感じだ。

かつて幕末の頃、二人の俊英たちは同時代に長崎で西洋の学問を学び、「長英」は信念で国家を揺さぶり、「敬作は」ひたすら地方の医師として生きた。二人はこの「訾女ヶ峠」を自分の足で越えた。彼らの抱く大志の前には、この程度の峠などさして苦にはならなかったであろう。

現代は自動車が交通手段として重宝される。松山方面から海岸沿いに八幡浜や宇和島それに三崎半島へ行くには、県道ができてもなおこの峠は難所であった。そこで海岸沿いに整備されていた国道三七八号線が、数年前に保内町まで到達し、ようやくこの峠にもトンネルが抜かれた。宮内側と磯崎地区が数分で往来できるようになったのだ。中学になると寄宿生活を余儀なくされていた子どもたちは、バスで通学できるようになった。

トンネルの長さは二一五六メートルある。宮内側の入り口には、この辺りではあまり例のない、屋根付きの小さな休憩所が造られた。その横に、人の丈ほどもある地元産の青石を基礎の上に横倒しにして、「瞽女《ごぜ》トンネル」と刻まれた黒い御影石がはめ込まれている。

その前に立って、兄と共に自動車で「瞽女ヶ峠」を越えた三十年近く前を思い出していた。すると不思議な現象が頭の中を交差してゆくのを覚えた。それは、逆に今から十数年後の子ども連れの親子の楽しそうな会話であった。


「父さん、ここだけトンネルの名前にどうしてふりがなが付いているの」

「ほんとだ。よく気が付いたね。それは、学校で習わなかった文字だからだよ」

「じゃ、どうして『ごぜ』なの」

「うーん、どうしてだろうね。父さんにも分からないよ。たぶんこの山の名前じゃないかな」

リサイクル本

予定の散歩コースが終わったので家の近くにある文化会館に入った。

最近膝が悪くなったので続けて歩くのはせいぜい五十分くらいである。散歩が済むとよくここにくる。市内のカルチャースクールで勉強している絵画、陶芸、その他さまざまなグループの作品が展示されている。通称『ロビー展』と呼ばれているが、一定期間が過ぎると、すぐに新しい展示が始まる。私にとっては自分の庭にギャラリーがあるようなもので、気分転換にはまことに貴重な存在だ。

その日は特に、身体全体が軽い痺れのような痛みに頭がぼんやりしていた。なるべく立っている時間を少なくしようと、急ぎ気味に作品を眺めて、正面入口の突き当たりにある小さな広間の応接セットに崩れるように腰掛けた。作品の個別の鑑賞は後日にしたいと思った。しばらく眼の前の壁に掛けてある額入りのポスターを見るとはなく見ていた。

『なかにし礼』『葉加瀬太郎』、その他有名な芸能人のコンサートや作家の文化講演会のものばかりである。今までこの会館で催されたのを記念のために残してあるらしい。やがて少しずつ頭の中の霧が晴れてきて視界がはっきりとしてきた。

下の方を見ると、十個ほどのコンテナに古本が入っている。気力が元に戻ったので立ち上がった。私は若い頃から古本には興味があった。コンテナの上に大きな文字で『リサイクル本』と横書きに表示してある。係の人がいないところをみると、自由に持って帰ってよいのだろう。そう思いながら表の表紙や背表紙をひととおり見た。週刊誌やイミダスなどが主で、ハードカバーのものはほんの少ししか残っていなかった。

また足が張ってきたので、元の椅子で一休みした。古い週刊誌などは読みたくないし、過去の月刊誌も欲しいとは思わなかった。たしかにリサイクル本だ。かといってつまらないものばかりだと決めつけるには早すぎるようにも思われた。

数ヶ月前のこと、宇和島市の病院の定期検査に行った帰りに、駅前の商店街を歩いてみた。十軒ばかり過ぎたら古本屋があって、湿っぽい古本独特の臭いに誘われ中に入った。入り口の左に文庫本が並べてあった。すると表紙に『辛酸』『田中正造と足尾鉱毒事件』『城山三郎』という文字が眼に入った。カバーは色あせてかなり古そうだ。著者は有名だがこの人の作品はほとんど読んでいない。しかし、『田中正造と足尾鉱毒事件』という文字に引き寄せられた。田中正造に関する本を一度読みたいと思いながら、今日までまだ実現していなかったのだ。奥書を見ると『平成六年六月十五日二十三版発行』とある。今から十六年前である。金額は三百九十円と裏表紙に印刷してあるが、ひとつ手前の最後の頁に、ボールペンで二百円と書いた小さなシールが貼ってあった。偶然に見つけた貴重な一冊であった。随分得をした気分になったものである。ここにあるものもリサイクル本だからといって軽くみてはいけない。一冊くらい貴重な掘り出しものがあるかもしれないのだ。

疲れがとれたので再び立ち上がり、今度はゆっくりと表紙を確かめながら見た。やはり興味のある本には出会わない。それでも終わりに近づいたころ、立ててある本の間が広くなってい て、その間に二冊だけ平積みされているのがあった。上の方にハードカバーで『洲之内徹の風景』とある。乱視の顔を上下して焦点を合わせて再度確認した。間違いなく『洲之内徹』と印刷してある。まるで本が私の手を引っ張ったとしか思えない。今まで隠れていた意識が、その文字を見て表面に躍り出たのだ。待ち望んでいた新刊書に触れる感覚でその本を取り上げた。『洲之内徹』。実はこの本が欲しかったのだ。いや、『洲之内徹』と印刷されてさえあればどの本でもよかったのだ。彼は私と同じ愛媛県出身である。生前、銀座で『現代画廊』を営む傍ら、芸術新潮に『気まぐれ美術館』を執筆していた。骨董の希代の目利きと言われた青山二郎は「自分は洲之内徹しか読まない」と言い、小林秀雄は「今一番の批評家だ」と言ったという。そこらあたりのことについては自分は知るよしもないけれども、いつしか現代美術関係の本などで彼の名前を知り始めた。そしてこれほどの人が存在していたことに驚いた。無知にもほどがあると笑われそうな気がするが、今となってはしかたない。今まで何度も東京へ行った折には美術館に足を運んでいたのだからなおさらである。

分厚い本なので一読するのに時間がかかった。もっと早く気がつけばよかったと思いつつ、インターネットでアマゾンのホームページを開き、『洲之内徹』を検索してみた。出版数は多くない。ほとんど絶版になっていた。『洲之内徹の風景』は、彼の知己の人達が彼の思い出を纏めたものであった。金額は一番高いのが五千円、保存状態等で順次千七百円まで下がっていた。

この本は、平成八年四月五日発行で三千九百十四円となっている。やはり、『リサイクル本』だと思って軽くみてはいけないのだ。希少価値のある本だったのである。

（随筆春秋第三六号掲載・二〇一一年）

手術

二〇一二年一月の終わりに近い頃であった。冷え込んだ朝に顔を洗うとき、右手の指が思うように動かない。日を追うにしたがって右手の親指と人差し指に力が入らなくなってきた。この二本に力が入らなくなると当然のことながら右利きの私は箸が持てなくなる。日記を書いていた万年筆で字が書けない。ボールペンでも紙の上をなぞるだけで他人の読める字にならない。数年間続けていた「写経」が駄目になった。そのほかにも日常生活に支障が出始めた。

近くの市立総合病院整形外科で診てもらうことにした。医師は右手を出して、

「こうやって、親指とひと差し指で円くできますか。」

自分は手を出して同じように円くしょうとするが、どうしてもできない。挟む形になる。

医師は出した掌を触っていたが、

「これは、『手根管症候群』でしょう」

と答えた。一度も聞いたことのない名称である。説明によると、原因はよくわからないが、

一つには老化現象があるらしいとのことであった。

指を動かす神経が癒着し圧迫されるので、しだいに指が動かなくなり、猿の手のようになるのだという。現象は分かっているが、まだ原因は解明されていない。けれども治療方法は研究されて、癒着している部分を切開して神経を現状回復ことだという。

カルテに図を書きながら、「ここところをこの程度切開し、癒着した神経を復元して閉じます。それに術後、毎日リハビリをします。手術はできるだけ早いほうがよいです」とのことであった。医師の勧めもあったので、日程調整を依頼すると、二月二日がよいということになった。更に具体的に説明してもらったところによると、

「手術は外来手術でも可能だが、万一のことを考えて一泊だけ入院をしてもらいましょう」

とのことである。それから私の右手を開かせて、サインペンで切開する場所と長さを書き込んだ。

「掌の中央やや下から二センチほど縦に切り、更に手首を一センチほどこれも縦に切る。ここは横でもいいのですが、横に切ると残った手術の跡を見て『リストカット』をしたのではないかと疑われる場合があるので縦にします」

という。整形外科医は術後の傷跡まで考えているのかと感心した。と同時に、案外手術が簡単に済みそうなので安心した。入院も、脇の下に局部麻酔をするので夜に麻酔が切れた場合の

対応のためらしい。

一泊二日でも入院だから一応手続きをしなければならない。当日の朝外来の診察室に行くと、病棟に看護師が案内してくれた。書類が数枚ある。自分のベッドに座り、握りにくいボールペンをなぞるようにしてなんとか書きあげた。手術の時刻は午後一時だと言われた。この病院の手術室には入ったことがないので、勝手に想像しながら呼びに来るのを待っていた。すると看護師が車椅子を押しながら来て、手術の時刻が少し早まったと言う。

手術室の壁の時計を横目で見ると一時に十分ほど前だった。手術台に横になった。「まな板の鯉」とはよく言ったものだ。右手脇に麻酔を打たれるとしだいに手全体の感覚が無くなってくる。そのかわり頭は冴えてきて、医師や看護師の声が鮮明に聞こえてくる。

手術は三十分ほどで終わった。術後はギブスこそしていないが包帯を何重にも巻いているので何もできない。歩けそうな気はするのだが、車椅子で病室に帰る途中から妙に重病人の気持ちになりだした。

ベッドで横になると、文庫本を読んだりして気をまぎらしたが、夜中になると麻酔が切れてさすがに痛みが激しくなり眼を覚ました。痛み止めの薬はすぐに飲めるよう準備をしていたから、飲んでしばらくすると気持ちよく眠ることができた。

眼が覚めた時には痛みも止まっていて、回診に来た医師に診てもらうと、術後の経過も順調だったので、午後二時過ぎに退院の許可がでた。

右手無しの生活の始まりである。

手術する前にいろいろ考えた。右手が使えない生活をどうするか。食べるのはスプーンとフォークがあれば左手でできる。歯磨きは時間をかければできる、顔洗い、風呂、トイレなど左手でもなんとかできる。だがただひとつ出来ないことがある。文字を書くことだ。生きるためには右手無しでもなんとかできる。しかし人間ただ生きているだけでは、生きるためにだけ生きているようで何とも味けない。今まではそれほど意識していなかったが、文字が書けなくなった自分の姿を想像したことが無かった。

千二百枚を超していた「写経」は一月二十五日で休筆している。同じく日記も止めた。同人誌に加入し時折随筆を書いていたが、これも脱会した。書くことだけがかすかな能動的行為であったが、これでは食べて寝るだけの生活になってしまいそうだ。せめて外に出て軽い運動でもすれば気分転換ができるのに、数年前から両方とも「湾曲性膝関節症」の診断を受けて、「階段」「急な坂」「跳躍」は要注意と指示をされている。一日に三、四十分の散歩が限度である。腰には軽い「ヘルニア」があり、膝の疲れと同時に腰から身体全体に「しびれ」のような症状が起き、二十分ほど静かにしていなければならない。心臓には「発作性心房細動」の持病がある。何時発作が起きるか予測不可能である。この症状が一時間以上続くと「脳梗塞」になる危険があると医師から注意をされている。どうすればよいのか、生活規範の再構築をしなければならない。

この場合、術後にどのくらいの期間で治るのかよく解らない。しかし予想していたとおりの不自由な生活が続いたけれども、幸い手術の時期が早かったのか、リハビリをしなくても順調に回復していた。

ところが手術をして三ヶ月ばかり経った五月頃、今度は薬指と小指が動きにくくなった。再度診察に行った。医師に、二月に手術した後の経過報告に加えて新しい症状を告げると、

「これは、『肘部管症候群』ですね」

と言われた。

「その症状は問診票にも書いていたとおり、別の病院で四年前に左手を手術しました。その時は、二本の指がこのように曲がってしまったのですが」

と、掌を出して症状が以前と異なることを強調したけれども、やはり同じ回答であった。医師は、

「今日明日にと言うほど急ではないですが、手術は早いほどいいですね」

と言う。微妙な言い回しである。

「しばらく様子をみてみます」

と言って席を立った。


ついに四年前と同じ症状が現れた。あの時は、一年間だけ、県内の高知県境の小さな町で生活していた。ある日のこと、宅配便で送られてきた荷物を出し、ダンボール箱を整理していると、急に左手の指に痛みがはしった。その時は痛みだけで治まったのでそのままにしていたら、二日ほどの間に薬指と小指が揃って曲がり難くなったと思ったら、急に曲がり始めると硬くなって動かなくなった。これは尋常ではないと不安になり、近くにある町立病院の整形外科で診察してもらった。医師は、

「『左肘部管症候群』という症状ですね」

と掌を触りながら言った。手術で治るとのことだったが、切開するのは掌ではなく肘だと言う。人間の身体は複雑にできているものだ。田舎の病院だが手術が可能だというので早速そこで手術をして、一週間ほど入院した。その医師は、

「左手にこの症状がでると、近いうちに右手にもでます」

と言った。まさにその予言が現実になったのである。

今回は、日を増すにしたがって小指側二本が、曲がることなくだんだんと堅くなってゆく。それだけではなく中指も動かなくなりだした。不安になったので三たび診察に行くと、中指を触りながら、

「これは、『腱鞘炎』ですね」

と言って、カルテに中指の図を描き、

「神経がこのようになっていて、ここと ここに神経を包む「鞘」があり、ここの鞘が炎症を起こして神経の滑りが悪くなっています。治す方法は手術と投薬があります」

中指に異常がおきれば右手の五本の指が全部駄目になる。このような人間は周囲に見たことがない。はたして日本人で何パーセントの者が同じ時期に指に異常が出るのだろう。『腱鞘炎』を治すのに手術にするか、投薬にするかという簡単な回答さえ即座には返答できない。判断力が鈍っている証拠なのかもしれない。

「しばらく様子をみます」

と言って診察室を出た。

妻は、東京に居る娘が出産をするので、世話をしに行って当分我が家に帰ってこない。会計

で支払いをするまでの間、あれこれと頭の中が空回りする。様子をみて、場合によっては同時に二ヶ所手術をすることになる。二月に手術したところが回復していないのに、別の指とはいえ、同じ掌をさらに手術しなければならない。医師の説明では、二ヶ所の手術になると二週間近く入院することになるらしい。入院中は問題ないが、退院したら完全な独居老人の生活になる。それも単なる独居老人ではなくて、右手が使えない老人である。

高齢者になるほど病気になる確立が高くなる。これは今に始まったことではないだろう。自然界では、体力が衰えて来ると生存できないから、他の大きな動物の餌になる。生存競争に生き残ったものだけが「今」を生きるのだ。人間も原始時代にはそうだったかもしれない。しかし現代では、弱者でも生きることができる。平均年齢からいえば、自分の命はあと一桁の年数である。世の中の人々にどれだけ貢献してきたのか疑わしい。何時命がなくなっても良いだけの覚悟はできているつもりだが、たかが右手の掌一つのことなのに、その場になってみると、いろいろ生きる方法を考えているから、死ぬ覚悟がまだできていないのであろう。

今までの仕事は事務系だから力を使うほうではなかった。ただペンや鉛筆を持つのに力を入れるといえばその程度である。それに「腱鞘炎」という言葉を聞いたことはあったが、廻りの人からも「手根管症候群」とか「肘部管症候群」などといった言葉は聞いたことがない。

自分はよほど特殊な体質なのかもしれない。こうして症状が出てきたのだから、しばらく進行状況をみて判断するしかあるまい。最悪の場合は「腱鞘炎」と「肘部管症候群」の手術を同時にしてもらうことにしよう。これで一応考えはまとまった。

二月二日の手術以来左手の生活は続いていた。書くことができないなら何かそれに代わるものはないかと考えていたら、左手でもパソコンのキーボードなら叩くことができそうだ。当然時間はかかるがそれはしかたがない。仕事をするのではないから時間を気にする必要はない。今までに書いていた随筆を推考してみようと思い立った。やってみると思いのほかできる。それに左手を使うと脳の思考回路が異なるのか、不思議に今までと違った考えが湧いて来る。

原稿用紙一枚を書くのに一時間は軽く要する。もともと本格的にパソコンを勉強したことがないから、どうしても入力ミスが多くなりなかなか前に進まない。そのうえに左手だから指が思うように動いてくれない。調子が良くても二時間ほどで疲れてくる。

あるとき気分がよかったので二時間以上続けたところ、背中に痙攣が走りだした。以前はこの痙攣と同時に発作性の心房細動が起きていた。すぐに左手首の脈を測ると案の定不整脈が起きている。まだ不整脈程度だから家で様子をみながら寝たり起きたりしていたら夕方には治まった。内科の定期検査日にそれを報告すると、担当医は

と決めることにした。

「そのパソコンが原因でしょうね」
と言った。おそらく左手ばかり動かすから体位が傾き特別の筋肉ばかり使うので身体のバランスが崩れ、そのままの状態が長く続くのがよくないようだ。それ以来パソコンは一時間以内と決めることにした。

「肘部管症候群」と「腱鞘炎」の手術は八月十三日に行うことに決まった。一人の生活だから退院後の食事が気になっていた。なるべく外食をして、紙の皿やコップを使い、自宅での後片付けはできるだけしない。

退院後のことが整理できたので、今度は入院に必要なものを少しずつ準備した。

当日の朝九時半頃タクシーに乗った。

外来で受付を済ますと、病室に案内された。病室の看護師から貰った用紙には、入院期間は二週間の予定になっていた。手術は午後一時からであった。

手術は約一時間で予定どおりに終わった。ただ、冷房が自分の身体に合わず冷えすぎていたので、トイレに行きたいのを我慢するのが辛かった。なにしろ手術台の上で動くことができない。今までにその時ほど苦しい思いを経験したことはなかった。

ギブスに右手を固定し、三角巾でぶら下げたままの生活になった。やはりその夜は麻酔が切れて痛んだ。

入院して三日目、病室の生活が落ち着いたと感じた頃、突然自分のベッドの向こう隣に、交通事故で患者が入った。急に部屋が騒がしくなってきた。その患者は自動車対自動車の正面衝突で、首には大きなコルセットがはめられ、右足は膝から下が包帯で大きくなっている。「瞽女トンネル」内で、相手の車が中央線を越えて正面衝突したらしい。やがて医師が来て、相手が老人と思ってか大きな声でゆっくりと説明を始めた。重傷で二ヶ月近くかかるらしい。患者も興奮していることに加えて地声が大きく高い。

医師は、治療のことを話し始めた。

「今後、訴訟問題が起きた場合のことのために詳しく説明しておきますが」

と前置きを言って、長い時間をかけて丁寧に、これも大きな声で話し始めた。患者の方は、素直に返事を繰り返していた。初めは八幡浜市の人かと思っていたが、大洲市の人だということが分かった。

説明が済んで静かになったと思ったら、しばらくすると、今度は相手の車を運転していた人の奥さんが見舞いに来るし、交通保険業者の担当者が次ぎ次ぎと来て状況調査をするしと、まことに病室全体が慌ただしい。

そんなことがあって二日ほどすると、自分が病室を替わることになった。

新しい病室になって二日後、ようやく落ち着いたと思ったら、今度も交通事故で、自分のベッドの横に患者が入った。この人は、ホームセンターの駐車場を自転車で横切っていると、駐車したばかりの車が急にバックしたためにはね飛ばされたという。高齢者で足の骨折であった。この場合も前回のときと同様に、見舞いやら交通保険の調査などに数人が来て大きな声で話した。

更に二日ほどすると、自分のベッドを、病室の入り口から一番奥の窓際に移動するという。ただ移動だけだから苦にすることもない。患者の回復症状によって、あちこち移動するらしい。

交通事故が落ち着くと、自分より早くから入院している患者が、今度は女性の看護師に苦情を言い始めた。ゆっくりとした口調で話す人だが、粘っこい話し方をする。聞いていると薬の出し方が気にいらないらしい。看護師も始めは患者の話をじっと聞いて穏やかに対応していたが、やがて反論を始めだした。「私はたしかにその薬を出しました。それほど言われるなら、あなたの今日飲む薬の箱に、使った後のシートが残っていますので持ってきます」

と言って、ナースセンターに帰った。やがて、

「これを見てください。これが薬を出した後の容器の残りです」

ここまでくると、患者も言うことができなくなって、

「なるほど、わたしが勘違いをしていたのでしょう。それでもね、あなたの話し方が悪い。私はお客さんでしょ。あなたは患者を見下ろしたような話し方をする」

と、こんどは別の話に変わった。どうもこちらが本命だったようである。

ここまでくると、ややこしくなり、二人だけでは収まりがつかなくなった。ついに最後は婦長が来て謝まり、ようやく事は収まった。

内科の病棟に入院したことはないが、外科病棟になるとなかなか賑やかである。

数年前に左手の手術をした別の病院では、向こう隣の患者が、真夜中にとてつもなく大きな鼾をかくので、睡眠不足になったことがある。。自分より先に入院していた隣の患者も同じことを看護師に言った。看護師の話によると、その患者はいわく付きの人なので、鼾くらいのことでは話がし辛いようであったが、二、三日後には、気が着かない間にいなくなっていた。退院できる雰囲気の患者とは思えなかったから、個室にでも移ったのだろう。


このような状況だったので、前半の入院生活は賑やかで、術後の夜の痛みが取れた翌日からは、夜はよく眠れたし、それほど苦になることはなかった。

しかし、左手だけの生活は思っていたとおり不便である。今までに「あなたは左利きですか」と言われたくらいだから、ある程度のことはできるが、思ったより苦労したのは歯磨きであった。思うようにブラシが動かない。ある朝、あまりにも時間がかかるせいか、親切ごころなのか、離れた後ろで立っていた五十歳前後の婦人が、

「お手伝いしましょうか」

と言った。鏡に移っている姿を見ながら、

「なんとかできます」

と答えた。その婦人はすぐに姿を消したので、苦心している姿を見るに見かねて出た言葉だったのだろう。

病院は人間の弱い面がもろに出るところである。だからでもあるだろうが、親切な言葉は些細なものでも心に響いてくるし、先日の患者のように、看護師の微妙な言葉の抑揚が気にもなってくる。


五日ほどでギブスがはずされた。包帯は無くなったが肘と掌に大きな絆創膏が貼られた。医師は、「明日からリハビリを始めてください」と言った。

午前十時頃、療法士の助手が迎えに来た。リハビリ室には、外来の患者もいるので、長椅子で待っている人が多い。

ようやく自分の番になって、ベッドに横になり右手をだし、今までの経過を話したが、既に担当医から情報が来ているので、聞き流している感じであった。どんなことをされるか不安である。先ず親指から順次内側に曲げ始めた。親指側二本は半年前に手術したところだが、こんなりハビリはしていなかった。それでもなんとか回復しつつあった。ところが、今回のリハビリでは、前回手術した二本の指も対象になっていて、親指が曲げられると涙が出るほど痛い。だんだんと中指に近くなるにつれ、痛みが増してくる。療法士は「どうですか。痛いですか」と言いながらきつく押さえて来る。あまりの痛さに顔をゆがめると、

「痛くならないとリハビリにはなりません。痛くなって、もう一つ押さえる。これがコツです。ここでやるだけでは駄目です。四六時中動かさなければなおりません」

と、にこにこ笑いながら押さえ続ける。話によると、掌の神経は、他のところと違って細部にわたり複雑に交差しているので、一本だけリハビリしてもだめらしい。まるで虐待を受けているようであった。リハビリ室にいるのは約三十分である。

午後にも病室まで迎えが来たのでリハビリ室に入った。同じ療法士である。どうやら担当者が決まっているらしい。

夕方から、病室で横になり、一人でリハビリをやってみたがやはり痛い。普通の半分も曲がらない。起きているあいだ続けたけれども、翌朝にはまたまっすぐに伸びている。

左手のときは、曲がった状態で堅くなっていたので、一人でテニスボールを握りながらリハビリをした。今度は伸びたまま堅くなったのでボールが持てない。ただひたすら顔をしかめながら、左の親指で右の指を曲がるように押さえ続けた。

経過が順調なこともあって、予定より早く、十一日目の午後に退院した。リハビリは通院をせず自分で行うことにした。退院の日の午後に妻が帰って来たので、食後の皿洗いはしなくて済むようになった。

食事はスプーンとフォークが二ヶ月あまり続いた。四ヶ月をようやく過ぎた頃、箸がやっと使えるようになった。それでも麺類は難しい。

痛いのは主に指であるが、切開したのは肘だから、傷の痛みは取れても腕を曲げたりするとまだ痛い。肘の骨を削っているので腕の中の方に痛みが走る。

「写経」をしたいと思うけれども指に力が入らないし、筆先が微かに震えて文字の形にならない。ボールペンであれば、軽く持っても少し文字らしくなってきた。しかし今までのように速く書けない。特に漢字は角張っているので難しい。日記を「ひらがな」だけで書いてみようと思ったが、それでも一字ずつペンを紙面から離さなければならない。そこでローマ字の筆記体なら、ペンを続けて動かせるので書き易いのではないかと考えた。確かめてみるとはたして楽である。今後ローマ字で日記を書くことにした。それと、文章は今までどおりパソコンを使う。

老齢のことだから当然回復は遅い。左手は、術後五年経った今でも、寒くなれば肘の傷あとが痛むし、握力も元どおりになっていない。ましてや右手の場合は、五本の指を手術しているのだから、なおさら現状回復は期待できない。

できることなら名前だけでも漢字で書けるようになりたいものだ。日常生活に支障さえなければそれでよいとして、多少のことは我慢するしかあるまい。

今回の手術だけでなく、身体全体の症状がこれだけ多くなると、あれこれ無駄なことを考えてネガティブな気持ちになってしまう。


還暦を過ぎると病院通いが多くなった。繰り返し脳裏をよぎるのは、人間の「生きる」ことへの執着心がいかに強いことかということである。「何の為に生きるのか」という根源的な問いに、何年経っても回答のかけらも持ち合わせていない。かつての名僧が、死に際に「わしは死にたくない」と言ったという話が、仏教に関する本を読んでいたら書いてあった。自分のような凡人は、そのときが来たらのたうち回るにちがいない。今でさえ、身体の調子が悪くなれば医師の技術を借りに病院に逃げ込む。医師は人を生かすことの技術と心構えを学んでいるから、そこに転がり込めばなんとか助けてくれるだろうという甘い考えが先行するのだ。その果てに社会保障費の額は増大してゆく。

話は飛躍するが、できるだけ早く「安楽死法」ができることを期待している。高齢でも社会的に活躍している人は多いのだから、年齢でとやかく言うことはできないが、せめて苦しみながら呼吸が止まるのだけは避けたい。そのためには、「人を生かす為の訓練」を重ねてきた医師の義務を、少しでも軽くする必要を感じる。

身体が不自由になると、つい心が内向的になってゆく。人は必ず死ぬ運命にあるのだから、自己責任で対処するとなれば、いい加減に、「心頭を滅却すれば火もまた涼し」くらいの心境に近づきたいものである。

砥部焼

オツベルと象

立秋が過ぎたというのに猛暑日が続いていた。家の中にいても扇風機だけではしのぎづらい。久しぶりに音楽でも聴いてみようとCDを探していたら、「賢治の幻燈」が出て来た。いつだったか、娘から届いた「父の日」のプレゼントで、「ザバダック」が製作している。自分は一度も耳にしたことのない若手のグループであったが、聴いてみるとなかなか美しいアルバムである。音で構成された賢治の新しい世界である。

プロローグは音だけで、しばらくすると、賢治が作詞した「双子座の星」の歌と音楽による異次元の世界に導かれる。

すると突然、ハスキーな女性の声で朗読が始まる。

「わたしたちは、氷砂糖をほしいくらゐもたないでも、きれいにすきとほった風を食べ、桃いろのうつくしい朝の日光をのむことができます。…」

「注文の多い料理店」の本の序の文章だ。まるで夜の星座の星のきらめきのような言葉が続く。

読み手もどんな声優なのかわからない。たどたどしい読み方のようでありながら、不思議に音楽とうまく溶け合っている。聴いているとうっとりとしてくる。

途中で音楽がはいり、雰囲気を変える。うまく出来た演出である。

朗読が終わると、また音楽がはいり、童話「オツベルと象」の朗読が始まる。

「ある牛飼いがものがたる…　第一日曜　オツベルときたら大したもんだ。…」

賢治には詩と童話があるけれども、自分は童話が好きだから、このオツベルと象も何度か読んだ。一人で朗読したこともある。童話の言葉は優しくて美しく書かれている。だからあまりにも現実的な言葉なのに気が付かなかったのかもしれない。それは「税金」という言葉である。この短い作品のなかに「税金」という言葉が三回出て来る。

「第二日曜」のなかにこんな言葉がある。「済まないが税金も高いから、今日はすこうし、川から水を汲んでくれ」

オツベルは、象が逃げにくいようにするため、首にブリキで造った時計、百キロもある鎖を前足に、赤い張り子の大きな靴をうしろのかかとにはめて、その上から四百キロもある分銅をはめ込んでいる。そのうえで労働を強いるのだ。象は、苦しめられていることも知らないで、喜んで仕事をしている。「ああ、稼ぐのは愉快だねえ、さっぱりするねえ」

次にオツベルは、

「済まないが税金がまたあがる。今日は少うし森から、たきぎを運んでくれ」

と仕事を増やすのだ。

その次の日、

「済まないが、税金が五倍になった。今日は少うし鍛冶場へ行って、炭火を吹いてくれないか」

第三日曜と第四日曜は書かれていない。第五日曜、ついに動けなくなった象は、森のみんなに助けを求める。そこで象たちは揃って白象を助けに走り出し、無事助け出すという結末である。


童話が好きではあるけれども、研究をしているわけではないので、ほかの作者の作品をそれほど読んでいない。しかし、日本の場合、近代文学の名作と呼ばれる作品のなかに、法律や税金が柱になっているものは、あまり無かったような気がする。川端康成の「雪国」はその典型的なものだ。それと同じように、童話のなかにも、法律とか税金という言葉がなかなか見つけにくい。ところが賢治は、この美しい言葉でつづられた作品に、税金というあまりにも現実的な言葉をさりげなく使っている。

人間が社会生活を営む以上どうしても避けることのできないのが税金である。ある有名な作家が、「自分は政治とは無関係な生活をしている」といったという話をどこかで読んだ気がするが、無人島で一人だけ生活するのならわかるけれども、現代社会ではそんなことはナンセンスである。税額を決めるのは政治である。現在消費税が話題になっているが、消費税の有無は別として他にも多くの税金の種類がある。作家であれば印税がある。どうして政治と無関係などという言葉がでてくるのか理解に苦しむところである。

だれでも税金はできるだけ払いたくないし、少ないほどいい。しかし税金は避けて通ることができない。それを童話の中でさりげなく語っている。「税金が上がる」と言って象が働かされるのは、オツベルという資本家がより利益を上げたいための方便であるが、この美しい童話の中に「資本家」、「労働者」、「利益」、「税金」という資本主義社会の基本的な制度を取り上げているのは、賢治が単なる子どもの情操教育だけを目的にしているのではなく、社会の中の矛盾と、宗教に根を下ろした深い人間洞察に基づいた作家だと感心せざるをえないのである。

ベートーヴェンのピアノソナタ

二〇一〇年の五月二十一日から翌年の十月二十六日にかけて、ロシアの女性ピアニスト「イリーナ・メジューエワ」のピアノコンサートがあることを、愛媛楽友協会の会報と一緒に配られたパンフレットで知った。内容は、ベートーヴェンピアノソナタ全三十二曲を、八回に分けて演奏するという。裏面を見ると、三宅坂幸太郎氏（音楽ジャーナリスト）の「『四度目の還暦』の年に堪能するベートーヴェンの宇宙」の見出しで推薦の言葉が載っている。少し長くなるが、最後のセンテンスの部分を抜粋する。「日本を活動の拠点として十年余り。その間、日本とヨーロッパを中心に活動を続ける彼女。そんな彼女がベートーヴェンの『四度目の還暦』（生誕二百四十年）の年にまさに満を持して取り組む今回のティクルスは松山はもとより全国からも注目のコンサートといっても過言ではない。」とある。

このパンフレットを見た時、（実は一昨年の末のことであったが）自分の心はときめいた。老人の域に達しているのに「ときめく」とは大人げないと笑われそうだ。しかし間違いなく四十年前の自分に返ってしまっていた。四十年前、つまりベートヴェン生誕二〇〇年に当たる年に、ドイツグラモフォン社からベートーヴェン大全集が発売されたのである。当時自分は人並みにベートーヴェンにはまっていた。少ない給料の中から、交響曲全集（九曲）とピアノソナタ全集（三十二曲）を買った。共に箱入りで、交響曲が一万二千円、ピアノ曲が二万円、合計三万二千円であった。当時の自分の給料は、月額二万四千百六十円であった。これから共済掛金等が差し引かれるから、手取りは更に少なくなる。その金額でどうやって暮らしていたのか思い出せない。空腹を音楽を聴いて紛らしていたのでもなかろう。それにこの数年前にステレオを買っていたのだが、これが七万円と幾らかした。給料の三倍を超えていた。少しは貯金をしていたのかもしれない。まだ独身の頃だからなんとかなったのだろう。

この頃はLP盤だったからA面だけでは長くても三十分ほどしかなく、それより長い曲は一度針を上げてB面にかけ直していた。ずいぶんと面倒なことをしていたものである。このようにして自分は毎日ベートーヴェンを聴いていた。ピアノソナタ三十二曲を一番から聴き始めた。その頃の自分はベートーヴェンのピアノ曲をほとんど知っていなかった。有名な「エリーゼのために」とか「月光」や「熱情」くらいのもので、どうしてベートーヴェン全集など買ったのか、随分思いきったことをしたものである。当時熱中していたのは交響曲だったから、ついでにピアノ曲もというくらいの軽い気持ちだったのかもしれない。

一番から聴いてみるとどこかで聴いている曲が何曲かあった。しかし全楽章ではなく、三楽章中の一楽章であったり、二楽章中の一部分であったりした。一通り聴いていく中でとても新鮮な印象を受けた曲に「テンペスト」というのがある。今まで一度も聴いたことがなかった。こんなに美しい旋律を紡ぎ出した人は、やはり神の啓示を受けた人としか言いようがないと思った。

さて、終わりに近い第二十九番を聴いて驚いた。ピアノ曲でこれほどスケールの大きな作品があったのだ。演奏時間がけた外れに長く四十五分を越える。音域の幅が広い。力強くそして急に繊細なメロディに変わる。解説者がこの曲を交響曲第九番を連想すると書いていたが、素人の自分でさえ肯いてしまう。特に第三楽章では、難聴で生きることの挫折に苦しんだ彼の魂が蘇り、地の底からうめくような旋律となって聴く者の心に染みこんでゆく。自分の人生の中で苦しんださまざまなできごとなど、とても比べることはできそうになく、むしろ救われるような気持ちになった。演奏者は全曲ドイツの「ウィルヘルム・ケンプ」であった。

さて、二月十六日の夜、生演奏で「イリーナ・メジューエワ」の第二十九番を、四十年前の「ウィルヘルム・ケンプ」の音と重ね合わせながら聴いた。何十回となく耳の奥にたたみ込んだケンプの「ベートーヴェン」第二十九番第三楽章は、自分の青年時代の苦悩の救いの音である。いまの自分は、その音の延長線上にあると言ってもよい。新しい彼女の第二十九番は彼女の解釈による音だ。ところが同じ楽譜であるはずなのにケンプの音とは違っていた。違っていて当然なのだが、技術的にはみごとに演奏しきっていても、彼女は「ベートーヴェン」の苦悩を、はたしてケンプほどに理解していたのだろうか。自分の中にあるあの第三楽章とは微妙にずれていて、今もケンプの音が新鮮に響いているのは、聴いた折りの自分の年齢の差なのだろうか。レコードと生演奏との違いではないような気がしているのである。

大谷焼

会津本郷焼の里

福島県のＪＲ東北本線郡山駅から新潟県側に向かって磐越西線が走っている。猪苗代湖の近くや磐梯山の麓を通る。四月中旬になると福島県や宮城県も桜の花が満開になる。

出発前に調べたい事があったので会津若松駅に電話で係の人に、「磐越西線《ばんえつにしせん》」と発音したところ、即座にあれは「磐越西線《ばんえつさいせん》」と呼びますと訂正された。かなり厳しい発音だった。もう少し別の言い方がありそうな気がしたが、はっきりとお叱りの意味を込めた言い方をするのが、戊辰戦争を戦った会津地方の人々の伝統なのだろう。

当日郡山駅で乗り換えるとき改札口の外側に停まっている車両が見えたので、

「磐越西線の快速便はあの車両に乗ればよいのですか」と確認したら、

「そうです。あれに乗って下さい」

と係員は実に丁寧に応対してくれた。出発までにはまだ二十一分の待ち時間がある。前便は十一時四十二分で普通便だった。普通便と快速便では会津若松駅につくのに約十分の差である。

別に急ぐ旅ではないからそのくらいの差なら気にすることはないのだが、「磐越西線」は一時間に一本しかない。この便に乗らなければあと一時間遅くなる。少しでも早く着けば気分に余裕ができる。

若い時は気車やバスの待ち時間が長くなると嫌な気がしていたものだが、最近ではそれが逆になって、三十分程度の余裕がないと不安になってくる。特に大きな駅での乗り換えになると三十分くらいはすぐに経ってしまう。頭の回転が悪くなると同時に足の動きも鈍くなってきたからだろう。ましてや知らない土地の旅はなおさらである。

「会津本郷焼」は文字通り会津若松本郷町の窯場で焼かれる。焼き物の愛好家には馴染みの名で、この名を世界に知らしめた「宗像窯」の栞には次のように書かれている。

「近世、会津の焼き物は、一五九三年(文禄二年)蒲生氏郷公が、会津若松鶴ヶ城主の頃からはじまります。

宗像窯の先祖である宗像出雲守式部は、七六七年(奈良時代)に福岡県宗像大社の布教師として会津本郷町に移り住み、宗像神社を建立しました。そして一七一八年(享保四年)には、焼物で生計をたてながら布教活動に専念したようです。

以来、宗像窯は創始より約百年位は布教が主であり、焼物創りは生計を支える一部でしたが、文政の頃に六代目八郎秀延は、技術特に優れ、自ら神官を辞して陶業に専念し、宗像窯の初代となりました。

一九五八年（昭和三十三年）に、ベルギーのブリュッセル万国博覧会にて、にしん鉢がグランプリを受賞。

一九六三年（昭和三十八年）秩父宮妃殿下のご来訪を戴きました。

又、近年ではパリ個展を開催し今日に至っております。

これからも先人の残した技術と精神を受け継ぎ、作陶造りに努めてまいります。八代目当主・宗像利浩」

予定どおり会津若松駅に着く。予約しているホテルにチェックインするにはまだ早い。駅前に停まっているタクシーの傍に行くとドアが開いた。運転手さんに、

「鶴ヶ城はどのくらいかかりますか」と訊くと、

「すぐ近くです。十分もかかりません」

「じゃ、お願いします」

この旅では「鶴ヶ城」に行く計画はなかった。どの城でも、遠くから眺めると美しいが、傍

まで行って仰ぎ見ても格別感動した記憶がない。通常城は山頂に築かれている。平城があっても数が少ない。「鶴ヶ城」は街中にあるのだが、落城するまでに一ヶ月以上かかったという名城として有名な城だ。

「鶴ヶ城」といえば、戊辰戦争と白虎隊がセットで記憶の中にある。明治維新で多くの人命が犠牲になったことは歴史が教えているけれども、どうしても心に残るのは有名な白虎隊の自決である。当時の時代背景から大人が自決するのはわからないではないが、まだ精神的肉体的にも未成熟な少年が、主君の為とはいえ集団で自決する行為はあまりにも悲しい。会津藩の子弟の教育が厳しかったせいだろう。それが美談として後世に残され、今日では観光の目玉のひとつになっている。その証拠に、JR会津若松駅前の広場に、二人の白虎隊の像が建っている。彼らはこの地方のシンボル的存在なのだ。自分の行動する時間と観光客の多い時間とがずれていたせいだろうが、像の前に立ち停まっている人の姿を見ることはなかった。もちろん別に「白虎隊が自決した場所が」観光名所の地図に載って居るくらいだから、多くの人はそちらの方に行くのだろう。

「鶴ヶ城」に着くと桜は八分咲きと言うところだろうか。既に観光客で賑わっていた。特に女子高校生らしい姿が目立つ。二、三人ずつが談笑しながら手作りの弁当を食べていた。城は何度か建て替えられたらしいが、今の城は戊辰戦争の時の状態で復元しているという。

広場から大きな石積みが直接そびえ立ち、その上に大きな天守閣が威厳をもって逆に下を見下ろしている。こんなに近くで天守閣を見上げたのは初めてで、たしかに美しい。「鶴ヶ城」とはよく言ったものだ。

帰る途中のタクシーの運転手さんが、

「鶴ヶ城は愛媛の松山城と同じ加藤嘉明が築城しましてね」

「え、そうですか。私は愛媛からですが、同じだとは全く知りませんでした」

知らないことは恥ではないというが、初めて知るときの新鮮な気持ちは、恥を逆手に取ったような爽快な気分になった。

仙台の伊達正宗と、愛媛の宇和島藩主は親子関係だとは知っていたが、会津若松の鶴ヶ城と松山城が同じ武将の築城であったとは初耳だった。

「松山城は国の重要文化財に指定されているようですが」

「鶴ヶ城も戊辰戦争で落城しなければ同じように指定されていたでしょうね」

と、残念そうであった。

堀の中の道路を通るとき、

「きれいなお堀ですね」

と感心して言葉を漏らすと、

「それがですね。この堀の水はどこから入っているのか知りませんが、夏になると悪臭がひどいです。私らが堀の傍でお客さんを待っているとき、魚の腐ったような臭いでたまらなくなります。困ったものです」

と馴染みの無い客に心情を吐露した。偉容を誇る美しい鶴ヶ城とそれを取り巻く堀の悪臭が、環境問題として町民を悩ませている実情を見た思いがして、複雑な気持ちになった。

翌四月十六日の朝、ホテルから十分ほど歩いてJR会津若松駅前の「駅前バスターミナル」待合室に入った。部屋の真ん中に使用していない大きなストーブが置いてある。昨日のJR「磐越西線」の磐梯山の麓を走る時には線路の傍にまだ雪が残っていたが、市街地にはさすがに雪の気配は無く、桜の花がほころびている。バスターミナルに入った時、数年前に、「小鹿田焼の里」へ行く途中、JR日田駅の前にあるバスターミナルに入った時のことを思い出した。待合室の広さといい、壁に掲示してある時刻表といい、あの雰囲気と同じものを感じた。東西にかなりの距離があるにも係わらず、どこかに共通のものがあるのは、建築の基準が同じ法律に基づいているのか、あるいは、国から公共交通機関としての役割上補助金が出ているからなのか、それとも目的が同じであれば論理的に同じものができてくるのか、不思議である。

しかし、時刻表などの表示の仕方などは、何処に行っても同じように表示されていないと初めて旅をする者にとっては理解しにくい。その点電車の時刻表は全国共通に表示されているので、第三セクターの鉄道に乗ってもなんら不自由を感じない。鉄道に関する限りは、国鉄から民営化されても、運営方法はそのまま引き継がれているので、乗り換えるときでも、事故でも起きていない居ない限り定時に到着する。事の性格上よく田舎に行くし無人駅が多いけれども、どの駅にしても時刻表との差は一分以内だ。その正確さには驚くばかりである。

窯場のある本郷町はここからバスで三十分ほどかかるらしい。街中を走るのだから田舎道を走るのとは違って時間がかかる。車内放送で「このバスは国の補助金で運行されています」と言う。乗客は数人である。

先日宗像窯に電話をしたおり、「本郷行」に乗って「本郷郵便局前で降りてください」とのことだった。いつものことだが、最近は、初めての土地でバスに乗るときは、必ず運転手さんに行き先と降りる停留所を確認することにしている。加齢のせいで思考能力が低下しているのと、不測の事態に対応する能力にも陰りがでたのだろう。不安感が以前より強くなったような気がする。

中心地の街中を出ると田畑が広がっている。その向こうには人家が見えて、なだらかな山のさらに彼方には、高い山の稜線が左右に広がり、雲間から指す太陽に冠雪が輝いていた。

しばらくするとまた街中に入る。目的の停留所に着いた。家並みは続いているが市街地の端の方になるようだ。近くに山が見える。降りるとすぐに交差点で「宗像窯」の駐車場への案内看板が立っていた。

三分ほど行くと正面に「浄土宗本願寺派・能満山常勝寺」がある。道路を隔てた手前の左に店舗がある。大きな屋敷である。中庭に自動車が入って職人が数人動いている。建物の基礎工事中であった。セメントがまだ乾いていない。左手に店舗らしくのれんのような大きな垂れ幕に「宗像窯」と書かれていた。足元に気をつけながら中に入った。

八畳ほどの広さの部屋にテーブルや棚がある。他に客が三人いて高齢の婦人が親しげに話しながら作品をみていた。店主の奥さんとおぼしき人が店をしきっているようだ。三十代の青年が自分の傍にきて、「工事をしているので迷惑をかけている」旨の挨拶をしながら、「三年前の大震災で裏山の登り窯が壊れたが、現在は復旧しているから、帰り際にぜひ見て貰いたい」と言う。話し方から察すると後継者らしい。店に並んでいる作品は恐らくこの青年の造ったものがほとんどだろう。まだまだの感がある。一番奥にガラスケースに入った大きめの湯呑みがあった。かなり年期の入った人の作品だ。高台を見たら「利浩」とあった。やはり八代目当主の作品だった。わざわざ会津まで来たのだからかなり高価ではあったが記念にそれを買うことにした。品物は後日宅配便で自宅まで送ってもらうことにした。店を出るとき裏の登り窯が入っている小屋の鍵を渡してくれた。「近くだからすぐにわかります」といって道順を教えてもらった。

一人で家の裏山の細い急傾斜の道を登る。住宅の傍の山側に石の地蔵が五体、屋根付きの小屋に並んでいる。右側の案内板に「お地蔵公園・化石の広場」と書かれていた。意味はよくわからない。さらに坂道を上る。右手に小屋が見えてきた。小屋の前には看板が設置されている。「登窯《のぼりがま》」として、会津本郷焼の由来とこの登り窯が町の文化財に指定された旨が書かれてあった。鍵を開けて中に入る。きれいに修復された窯と割られた薪が積んであった。登り窯が崩壊するほどの地震の被害が、こんな奥地にも広がっていたのだ。

小屋を出ると、道下に杏の花が咲いていた。窯元の家の中庭に小さな赤い鳥居があり傍の桜の花はまだ二分咲きくらいであった。地蔵の所に書いてあった「化石」とは何の意味かを帰り際に訊こうと思っていたのだが、小屋の鍵を返す方に気をとられて聞き漏らしてしまった。

東北の山里にもようやく春が来ていた。

会津本郷焼

荻原守衛のブロンズ

三月の初め、「メセナ八幡浜」主催の絵画展を見に行った。会場は「八幡浜市民ギャラリー」の三階である。表題は「日本近代洋画への道―山岡コレクションを中心に―」となっている。日曜日なのに参観者は少ない。

受付のデスクの横に、観覧者名簿が置いてあったので、住所、氏名を書いて中に入った。この展覧会のメインは、高橋由一の「鮭図・笠間日動美術館蔵」となっている。チラシやポスターも「鮭図」が印刷してあった。数ヶ月前に、NHKテレビの「日曜美術館」でこの作品の紹介をしていた。教科書や美術誌などでも見ていたが、本物を観るのはこれが初めてだ。あまりにも写実的で生々しい。少しでも近くで見ようとして身体を前にかがめた。とその時、足元に置いてあったハードルが大きな音を立てて倒れてしまった。顔だけでなく足も一緒に前に出たのだ。館内は静かだからよけいに音が響く。メガネが邪魔をして、足元が見えなかったのである。近くに腰掛けていた係の人が急いで来ると、倒れたハードルを元の位置に直してくれた。

自分はときどきこうした失敗をする。展覧会場では、貴重な作品の場合、あまり近づかないようにするために、足元にハードルが置いてある。ところがあまりにも夢中になりすぎて、足元を確認せずに作品に近づくのである。

「鮭図」はたしかに繊細で、地の木目が描いたのか本物の板なのか迷った。幕末から明治初期に、これほどの油彩を描いた人がいたことに驚いた。

その作品の丁度真向かいには、同じ作者の「鯛図」が掛けてあった。そちらの絵画も新鮮で美しい。

幕末に来日し、日本の洋画界に大きな影響を与えたと言われる、イギリス人、チャールズ・ワーグマンの『百合図』、五姓田義松の『人形の着物』、藤島武二の、『ヴェニス風景』、黒田清輝の『黒田清兼像』、青木繁の『二人の少女』、和田英作の『快晴』、など有名な画家の作品が並んでいた。

会場は左廻りになっている。最後の部屋に来た。扉が無いので出口から明かりが入り、彫像らしきものを浮き上がらせていた。逆光なのでよくわからない。私は立ち止まって、逆光のなかの輪郭を確かめた。どこかで見たことのある形である。もしやと思って急いで出口の方へ歩いた。近づくにつれ輪郭がはっきりとしてくる。間違いない。荻原守衛のブロンズ「女」であった。色はやや茶色味を帯びているが、足元の方にはブロンズ独特の緑青ができている。台には『荻原碌山・女』と表示されていた。

思いがけない彫刻との出会いに興奮してしばらく佇んでいたが、我に返ると逆に戻って絵画の続きを観た。

「女」は、特に自分の好きな彫刻である。石膏原型は、最近国の重要文化財に指定されて、東京国立博物館に収蔵されているはずだ。

展覧会のチラシには絵画のことばかりが書いてあって、彫刻のことはひと言もふれていなかった。


若い頃、自分は「ロダン」に夢中だった。国立西洋美術館や大原美術館にまで足を伸ばした。ブロンズだから同じものが何体でもできる。「女」が東京の国立近代美術館に常設されていることを知って、所用で上京したおりに、それを観るため二度も通った。この『女』は素人でも明らかに「ロダン」の影響を認めることができる。

彼はこの作品を完成させると急にこの世を去った。三十歳だった。この作品のモデルは、彼の先輩の妻である。彼は愛してはいけない人を愛してしまった。かなわぬ愛に苦しみながら、その苦しみを作品に昇華したのだと言われている。まったくそのとおりだと自分も思う。ロダンのような緻密さは無いにしても、愛が手を動かしたのだとしか思えない。それほどまでにこの作品は生命力に溢れている。

言うまでもなく近代の彫刻は、荻原守衛と高村光太郎から始まると言われる。

友人高村光太郎は、「荻原守衛」と題する随想のなかで、「……『女』を見ると、その顔面に或る女性のイメージがはっきりでていて、それを知る者の心をつよくうつ。……」と控えめに書いている。現在では、解説書などに実名で書かれているが、当時としてはそれが精一杯の表現だったのだろう。

会場の絵画はたしかにすばらしかったけれども、荻原守衛の『女』が出口で待っているとは思わなかった。

会場を出たとき、久しぶりに見ることのできた喜びに心が幾分高揚していた。会期はまだ残り一ヶ月ある。もう一度見たいと思った。


会期があと十日に迫ったとき、再度会場に入った。絵画はほどほどにして、ブロンズの前に立った。何度も廻り終わったとき、この作品を見る機会はこれが最後になるような気がした。今後上京する機会はあるにしても、今の体調では国立近代美術館までの行程はかなり厳しい。よい企画に出会ったものだ。

案内用のチラシに掲載されなかった理由はともかくとして、出口の前の真ん中にそっと置くという演出に、心憎い喜びを覚えた。

阿修羅像

近鉄奈良駅構内に入った。正面に大きなポスターが貼ってある。図柄は数年前にＮＨＫの特集番組で放映された阿修羅像の写真である。あまりにもよく見かける写真でありながら、どの寺に納められているのか忘れてしまっていた。よく見ると興福寺とある。そんな寺の名がたしかにあったなとようやく思い出した。この駅の近くならよい機会なので観たくなった。時計を見ると昼食にはまだ早い。

案内まで行って観光マップをもらった。広げてみると、この駅のすぐ隣である。しかし隣といっても寺だから境内が広い。どの建物に納められているのか見当がつかない。場所によっては今の体調ではとても歩いて行けそうにない。しかしタクシーに乗るにはあまりにも近すぎる。

以前にある駅から近くの建物まで三人で乗ったところ、その運転手があまりにもこれ見よがしに荒っぽい運転をしたので、それから歩けそうな場所に乗るときは、あらかじめ足が悪いことを告げてお願いすることにしている。この場合も通常なら歩ける距離だ。でも今日の日程には午後に別の所に行く予定があるので、無理をして足が痺れても困る。迷った末、結局タクシーに乗ることにした。

駅前に駐車していた一番近くのタクシーまで行った。

「興福寺をお願いします」

「すぐそこですよ。歩いて行けますよ」

「すみません。足が悪いものですから。阿修羅像が見たいのですが」

「じゃ、国宝館ですね」

駅を出て大通りを走るとすぐ右手に境内が見えだした。そこから一〇〇メートル程行って右に折れると、いくらも走らないうちにタクシーが止まった。たしかに近い。

「あれが、国宝館です」

運転手は不愉快な感じをあたえることなく丁寧に応対した。

右側に大きな建物があり、客が途切れることなく出て来る。大型バスが停まっていたので、おそらくどこかの団体客だろう。入れ違いに中に入ると、観客は自分を含めて数人だった。目的は阿修羅像を見るだけだからすぐに出るつもりだった。ところが国宝館というだけあって、館内は広いし国宝や重要文化財の数が多い。これほど国宝や重文が多い建物は、瀬戸内海にある「大山祇神社・国宝館」を見て以来である。あそこには日本の国宝・重文の約八割があるということだったが、種類は武具が多かった。興福寺は寺だけあって仏像ばかりである。

入るとすぐに巨大な菩薩立像がある。この像は足元から天井に届きそうなくらい高く、金色に輝いているように神々しく感じられたものだから、医師から注意されていた頸骨の軟骨摩耗による痛みを忘れるほど長く見つめていた。

通路が迷路のようになっていて、観客は正面だけでなく、横からも見る事ができるように配置されている。ゆっくり見たい気はあるのだが、同じ所にじっとしていると足が痛くなるから、一瞥をする程度にして歩く。最初に見た大きな立像が、少し離れた位置から見ることができた。思わず手を合わせたくなるような気がした。そう感じたのは自分だけではないらしく、左側の隣にいた老婦人が合掌している。どういうわけか合掌している姿は美しく見える。

ようやく阿修羅像の前に来た。仏像についてあまり造詣が深くない。阿修羅は仏教の守護神であり、この像は乾漆造りであるとか、八部衆像の中の一躯であるというくらいの知識しか持っていない。今まで阿修羅像という、写真や映像でしか見たことのない虚像だけが、心の中に一人歩きしていたのである。

阿修羅像が信仰の対象として造られたことは当然だが、今ではむしろ芸術作品として人々に親しまれているのではなかろうか。

この像は奇妙な形をしている。手が六本、顔が三面ある。顔の表情はそれぞれ異なっている。側面の表情は二つとも心に動きがある。左の面は微かに唇を噛みしめて、怒りの表情が読み取れる。右の面は、明らかに強い意志を感じる。ともに見つめているこちらを威圧しているようである。ところが正面の顔は、それほど心の動きを表に出していない。どちらかといえば静かな表情に見える。童顔で、しかし神経質そうに微かに眉をひそめて、遠くを見つめている。ところがよく見ると、遠くではなく、すぐ前の自分の眼を見つめているようにも見える。しかも多くの如来像のような「無表情」な表情ではない。側面の二つの顔のようにはっきりと心を表に出してはいないが、静かでありながら生気に溢れている。むしろ行動を起こそうとする直前の、動性をおびた人間の顔である。奥には、まるで闘いを挑むような激しさを秘めている。そのうえ観ている自分の過去の生きざまを、問い詰めるような厳しさもある。「あなたは、今まで如何に生きて来たのか。これからもそれでよいのか」とでも言うように。

阿修羅像は、自分に対して、この場で即答することを求めているのだ。

自分は答えなければならない。自分の生き方は、常にアクティブなものではなかった。逃げることが現実を最善の状態に保てるのだと思ったこともあった。では、そのときどうして逃げたのか。闘うことができなかったのか。それは闘う勇気がなかったのだ。人間は弱い動物ではないか。いや、人間の強弱はその心の様相にあるはずだ。闘う勇気こそ人間を人間たらしめるのだ。それがなければ人はすぐにでも朽ち果ててしまうだろう。人は生まれ落ちた瞬間から、環境に対して常に闘ってきた。生きようとせよ。生きることにためらってはならないと。

阿修羅は仏教の守護神だと言われているから、闘争的な雰囲気をもっていて当然だが、この阿修羅像は見ている者に何かを語りかけてくる。

特に正面の顔は美しい。その美しさに魅せられて、見つめれば見つめるほどこちらの心を見抜かれているようで、正直疲れてしまうのである。

誰がこの像を造ったのだろう。よほど人間の内面を見据えることができたうえに、卓越した技術を持っていた人にちがいない。

天国を崇め地獄を恐れ、悪魔や天使の存在を探し求めたとて見つけることはできない。それはあなたの心のなかに棲んでいるのだと、この阿修羅像は語っているようである。

幾分照明を落としている館内では、自分の眼が、昼夜を問わず明るい照明に慣れているせいか、少し疲労を感じ始めた。およそ二時間足らずで、不思議な体験をした。館内には仏像を造った名匠達の魂の交響が聞こえるようだった。
外は風もなく、春の陽がまぶしかった。

萬古焼

城崎温泉

体調を崩して一年ほど実家で養生していた頃、読書や近くの山道を散策しながら過ごしていた。そんなとき志賀直哉の『城の崎にて』という短編小説を読んだ。十七歳のときである。主人公が小川の橋の近くから、串が刺さった鼠の動きをじっと見つめている。やがて終わる命なのに生きようと必死で動いている。主人公の驚くほど静かな眼が、みずからの境遇と鼠の姿とをオーバーラップさせる。有名な一場面である。

ほんのわずかな、字数にして九百字程度の描写が、自分の人生の折々に、顔を出してはすぐに消えていった。主人公のあの澄んだ眼が、自分を見つめているような気がしていたのである。

昨年の夏の終わりごろ、観測史上初めてという猛暑日が続いていたとき、ふとしたことがきっかけで急に豊岡市へ行くことにした。地図やJRの時刻表を見ていると、豊岡駅からわずか十分程度のところに『城崎温泉』がある。名前はよく知っているのに、今まで場所を調べてみたいと思ったことがなかったが、せっかく近くまで行くのだから、この機会に足を伸ばしてみよ

う と思った。

当日はやはり猛暑日になる予報だった。私は涼しいうちに行動をした方が得策だと思い、豊岡駅八時四十一分発の気車に乗った。

十一分で城崎温泉駅に着き、改札口を出た。早くも朝日が広場のアスファルトを熱して、サウナに入ったようだ。前を見ると広場の真向かいにレンタサイクルの看板があった。二時間分の契約をして料金を払うと、係の人は客を察して、温泉めぐりの地図を出してくれた。外に出て地図を広げて見た。しかし、その地図にはこれから行く目的地の表示がない。しかたがないので『城崎文芸館』へ向かった。そこへ行けば教えてくれそうな気がしたのである。

受付で小説の鼠の場面のモデルになった場所を訊いた。係の若い男の人がすぐに、わかりやすい『散策地図』を出してきた。折りたたんだ地図を広げ、慣れた手つきで、「このあたりです」としるしを付けて、「終わりのほうにある銀杏の木はこのあたりです」と言った。恥ずかしながら自分の記憶には鼠の場面しかない。あの様子ではおそらく私のような客が多いにちがいない。

館内を見て歩くと、島崎藤村、与謝野晶子など一流の作家や歌人がこの地を訪れていた。城崎には、作家を引きつける何かがあるのだろう。泊まりもせず通りすがりの自分には、その何かがわかろうはずもない。

地図を見ながら小川に出た。橋はコンクリート造りである。昔とはかなり風情が違っているだろうが、主人公が、この橋のあたりから串に刺さった鼠を見つめていたのだと思うと、それだけで不思議と高揚感を覚えた。

それからかなり上流まで行ってみたが、教えてもらった銀杏の木は見つからなかった。旅から帰って数日後に、『城の崎にて』を読み返した。作者と同じ場所を見ているので、以前よりも深く理解できる気がした。

主人公は大怪我をしたが死は免れてここに来たのだ。そして蜂の死、自殺できない鼠の生きざま、自分が死なせたイモリ等、生と死の境界のようなものを描きながら、結局生きようとする。

自分は今、発作性心房細動の病を抱えている。真夜中に何度も掛かり付けの病院へ駆け込み、発作が止まるまで点滴をうけた。発作性だから平常は心電図や心エコーもまったく異常がない。しかし一度心房に電気回路ができると消えることはないらしい。今は落ち着いているが不安がないとはいいきれない。

二十年ほど前、職場の先輩が肝臓癌で入院し、臨終間際に家族とともに立ち会ったことがある。彼は、密閉したビニールの室で酸素マスクを付け、動けないようにベッドに固定されていた。やがて、襲ってくる死の直前の苦しみに身体全体でもがき始めた。私は見るに耐えられない心境なのに、不思議と眼は彼を見ていた。そのあいだ、母子は大きな声で「お父さん」「お父さん」

と呼び続けた。意識があるのか無いのか私にはわからなかった。苦悶の状態がしばらく続いたのち彼は動かなくなり、医者は臨終を家族に告げた。

自分は心臓病や加齢とともに常々死を意識することが多くなった。心臓が止まる直前にどうなるのか。昏睡状態にならなければ、おそらく彼のように苦悶するにちがいない。事故で即死するか寝たきりで老衰死を迎えるのか。できれば穏やかに死の床に横たわりたいと思うが、これればかりはどうしようもない。

読み返しているときふと気がついた。城崎文芸館で教えて貰った銀杏の木は、あれは自分の聞き間違いで、原作では『桑の木』となっていた。どうりで見つからなかったはずである。

（随筆春秋第三七号掲載・二〇一一年）

丹波焼の里

二〇一〇年九月七日の朝、丹波焼の里「立杭」に着く。ここに来るのは二度目である。田舎の山里といった感じで、何も目立った物があるのでもないが、自分の心を捕らえて離さない不思議な魅力がある。前回と変わっていることといえば、まだ基礎段階だった兵庫県立の「兵庫陶芸美術館」が完成している。それに、近くの「立杭・陶の郷」が整備されていた。

丹波焼きは六古窯のうちの一つと言われ、鎌倉時代から窯の煙が絶えることなく続いているという。九〇〇年間同じ場所に窯が築かれていて、代々同じ窯で焼かれていたのかどうかは不明だが、一つの窯が相当長い期間共同で使われていたことは間違いない。ここには「蛇窯」と呼ばれている長さが五〇メートルに及ぶ登り窯が残されている。数十年前まで使われていたらしい。近くに立ってよく見ると、硬くなった窯の外壁に時代の臭いが感じられる。

一人窯場に行ってその土地に立っていると、かつて存在していた人間の営みが、焼き物という形になって今ここにあると同時に、個々の焼き物を超えた人間の活動全体としての歴史の息吹が呼応しているのを感じるのである。窯場という場所ではなく、造られた物そのものに過去の呼吸を感じようとすれば、骨董品に触れるだけで満足できる。現に骨董品に魅せられて全財産を投入した人の話を聞いたことがある。自分はそこまで凝ってはいない。中途半端だといわれればそれまでだが、その程度の人間なのである。とはいっても、体調が整えばまた別の窯場に生きたくなる。

丹波焼きは二度目だが、それでもまた新しい空気を感じる。作品は陶器だから磁器のようなきらびやかさはあまり感じられないが、伊賀焼や備前焼とは異なった、「素朴な土臭さ」とでもいえるような雰囲気がある。

また同じ兵庫県内にありながら、日本海側の「出石焼」の窯場は、市街化されてしまって、焼き物の里というイメージは薄くなっている。ところが丹波焼きの郷はいまだに田園風景がそのまま残っているし、窯元が集まっている旧傾斜地の前には川が流れていて水田がある。一見したところ商店の看板はも当たらない。窯元の近くに民宿を探したけれども見つけることができなかった。立杭の窯場は、篠山市の郊外の田舎といった感じの地域だから、宿泊施設や日用品なども不便ではないのかもしれない。

昔から、焼き物は登り窯を築く関係で傾斜地で生産されていたことは、どの窯場でもそこに言って集落をみればよくわかる。ここはかなりの旧傾斜地に人家が密集している。昔はおそらく半農半陶の生活だったのだろう。

ここにも柳宗悦たちが来て焼き物の指導をしたらしい。大正末期から昭和初期のことだから当時の交通手段はほとんど無く、山間地には徒歩で行くよりほか無かったと思われるが、民芸運動家たちの理念と情熱は想像を絶するものが感じられる。現在の作品を見ていると民芸運動の影響を感じる。備前焼のように洗練された陶器というよりも素朴で民芸品的だ。

「丹波立杭焼伝統産業会館」の中に入ると、鎌倉時代から江戸時代の『古丹波』の名品の数々と、現代作家の作品が展示してあるのを見ることができる。緑青色をした自然釉の美しさや赤土部釉、白釉壺など珍しい物もある。丹波焼きが如何に古くから焼続けられているかが理解することができる。

自分以外の歴史は、書物によるか他人から聞いた知識である。自己の経験は僅かでしかない。より多くの書物を読むか、より多くの他人に出会い知識を得た人のみが、広大な歴史の世界に遊ぶことができる。しかしただ知識だけでは生きた歴史ではなく、いかに現代的解釈をし、現在に生かすことができるかということだろう。

現在の丹波焼きには、釉薬で絵付けをしたものと薪窯で焼かれたものがある。絵付けをしたものはガス窯や電気窯などで焼かれているから、薪窯のように自然の炎の強弱や炎の向きなどででき上がりが異なっている。自然釉が流れて模様の様になっているのは美しい。丹波焼きはそんな作品に出会うのが楽しみである。

最初にきたとき、窯元の市野悦夫氏の店に入って作品を見ていると、三面を削った「面取り」ぐい呑みを見つけた。薪窯で焼かれたものである。気にいったのでそれを買うつもりで他の作品を眺めていると、自然釉が全体に流れたぐい呑みを見つけた。これほどの厚みに釉薬がかかったものは今までに見たことがない。急にそれが欲しくなった。どのくらいの値段かを聞いてみた。丁度そのとき主人が奥から作業服のままで出て来られた。主人は「〇〇円です」と言った。さすがに高い。

すると初めから店にいた奥さんは、主人の顔を見ながら、

「それが無くなると、店で一番いいのがなくなってしまいます」

と正直に言った。ところが主人は、

「買っていただけるのであればいいですよ」

と平然と答える。

そのときは、自分はもう帰る気持ちでいたので、残念ながら財布の中には先ほど見つけた面取りを買うだけの金額しか残っていない。それでも自分のものにしたい気持ちは益々強くなってきた。

「これを買いたいのですが、今のところ現金が無いので、家に帰ったら現金封筒で代金を送り

ますから、それまで預かっていてもらえないですか」

と言った。初めて来た他人の言う言葉では無いと気が付いたけれども言ってしまったのだからしかたがない。しかしこの主人は、全く躊躇する風もみせないで、

「いいですよ。どちらのかたですか」

と言う。

自分は愛媛県からここに来た経緯や、明日の夕方には自宅に帰る予定であること、住所、氏名と、宅配便の送料がどのくらい必要か、などを告げて別れた。

自宅に帰って一息ついた頃、丹波焼きの市野さん宅に電話をして、二日前にお願いしたぐい呑みの代金をこれから送る旨を言って郵便局に急いだ。

それから二、三日後に宅配便が届いた。急いで箱を開けて中のぐい呑みを握った。間違いない。

丹波焼

自分にとってはかなり高額な買い物だった。しかし、損をしたとか、無駄遣いをしたとかいう感情は少しも起きなかった。

わずか一個のぐい呑みの売買だけの出会いでありながら、その店からは毎年欠かさず年賀状が届く。もう八年も続いている。

益子焼

二〇〇八年十月二十三日、東北新幹線小山駅で降りると、ＪＲ水戸線に乗り換えた。小山駅九時三十四分発である。目的地は栃木県益子町だからもう一つ乗り換えなければならない。各駅停車なので時間がかかる。六番目の下館駅に九時五五分着だ。そこで第三セクターが運営している「真岡鉄道」に乗る。正式には真岡鉄道株式会社といい、栃木県と沿線の自治体や各種団体などが出資している。

下館から終点の茂木駅までは全長四十一・九キロある。下館が始発で十時十六分発、途中十番目の益子駅が十一時一分到着である。

ワンマンカーがホームに入ってきた。全体はグリーン、下部を真っ赤色で五〇センチほどの幅の縁取りがしてあり、やや中央辺りにこれも赤で七、八十センチの円が描かれている。その円の中には英語で「ＭＯＫＡ／ＲＡＬＬＷＡＹ・ＳＩＮＣＥ・一九八八」と白抜きで書かれている。地は緑だが、よく見ると小さな長方形の濃い色と薄い色で彩色されている。緑と赤は色彩論的には補色関係にあるから遠くからでも鮮明に見える。

今までに三度第三セクターの鉄道に乗った。福岡県の「平成筑豊鉄道」、群馬県の「わたらせ渓谷鉄道」と今度の「真岡鉄道」である。過去の二つはいずれも茶色系の地味な色だったが、この鉄道は華やかに見える。色彩感覚の鋭い人が発案したのだろう。

この頃は車体が派手な色でデザインされたものが多い。ＪＲ四国にも「アンパンマン列車」が走っている。夏休み期間の松山駅で時間待ちをしていると、観光客らが子どもを前にカメラを構えているのをよく見かける。列車だけではなく路線バスなどにも見かけられる風景だ。しかし、この「真岡鉄道」のデザインには新鮮さを覚えた。緑と赤の配置が素晴らしい。

小山駅は新幹線が停車する駅だからさすがに大きいが、下館駅は田舎を感じさせる小さな駅だ。

それでも真岡鉄道の乗り換え駅だから単なる田舎の駅とは違う。ホームを歩いていると前を四人の親子がいる。見たところ小学六年生くらいの男の子らしいが背が高いから中学一年生かもしれない。その後ろに小学三年生くらいの女の子、右側には三歳くらいの女の子とその子の前に母親がベビーカーを押している。その中にはまだ歩くことのできない幼児が乗っているのかもしれないが、後ろからだから見えない。三人の子どもたちは皆リュックを背負っている。どこかに遠出をするらしい。でも今日は木曜日だから子どもたちは休校日なのだろうか。そんな要らぬことを考えながら真岡鉄道のホームに渡った。

定時にワンマンカーがゆっくりと動き始めた。知らない場所の鉄道や路線バスに乗ると、何処で降りたらよいのか気を使う。経過した駅を数えたり時刻表を見ながら若干緊張する。今度は十番目の駅で降りればよい。車内案内の声を確認して降りる準備をする。

益子駅に降りると焼き物の街だとすぐに分かる。駅前に屋根付きの木造建築があり、大きな人の高さほどもある釉薬の流し掛けの大きな壺が置いてある。

空は曇っている。今日は持ちそうだがもしかしたら明日あたりは降るかもしれない。今日の内に歩ける範囲で観て回らなければなるまい。最初は浜田庄司の作品を見ることにしよう。なんといっても益子焼は浜田庄司抜きでは語れない。


大正から昭和初期にかけて柳宗悦が提唱し、浜田庄司、河合寛次郎らが同士となって日本の生活用品の中に「日用品の美」を発見する運動を全国的に展開していった。

浜田庄司は陶芸家であった。京都で河合寛次郎とともに釉薬の研究をする。その頃民芸運動の理論家柳宗悦やイギリス出身の陶芸家バーナード・リーチらと知り合う。やがて浜田庄司はリーチとともにイギリスに渡り陶芸の研究をして帰国する。

帰国後、沖縄の窯場で作陶を重ね、今後の生活の拠点を何処にするか考えた結果選んだのが

「益子」の地だった。ここが東京から近いというのも理由の一つだったらしい。

益子焼は日用雑器の窯場である。浜田庄司は神奈川県出身だが子どもの頃東京の学校に通っていた。関東には益子焼の急須や土瓶が出回っていた。なかでも浜田庄司は土瓶の絵柄に興味があったという。

「民芸運動」の対象は陶芸だけではない。職布、木工など多岐にわたっている。彼らの蒐集した作品の数々は、東京の目黒区駒場にある「日本民芸館」を訪ねると見ることができる。

益子の窯場は全体が傾斜地にある。道路の両側に店が並んでまるで登り窯のようになっている。

今夜の宿「フォレスト益子」はこの坂を登り切った益子県立自然公園の入り口にあるらしいから、自動車の旅ではない自分にとってはかなり厳しい。とにかく下からゆっくりと歩くことにした。地図で見ると中程に窯元の店がある。左側の店のウインドウから作品を眺めていると、急にこの店に入って作品に触ってみたい気持ちが湧いてきた。

益子焼は過去に見たことがある。だが触ったことがなかった。中に入ると年配の女性が出てきた。店主の奥さんだろう。多くの客を相手にしてきた人らしく人さわりがいい。何の抵抗も感じさせない。並んでいる品物を眺めながらもそこの店に「水滴」があったら買うつもりでいた。というのは毎日の「写経」を始めたのだが、既製品の「墨汁」にするかそれとも硯で墨を摺るか悩んだ末、結局硯の方を選んだ。硯にすると水を点《さ》さなければならない。洗面所は隣室だからすぐに間に合うけれども、毎回蛇口まで行くのが面倒になっていた。どこかで水差しを買わなければと思いながら今日まできた。棚を見ていると手の中に入るほどの小さな急須が眼に入った。

「これは、水滴じゃないですか。急須の形は面白いですね」

「そうです。色は『振砂』です。主人がいま『振砂』に凝っていまして」

「『振砂』は色を出すのが難しいらしいですね。なにか『振砂』に凝って身代をつぶした人があるらしいですが」

「凝るといっても内の人はそれほどではないです。お客さんはどちらからですか」

「四国の愛媛です。」

「四国ですか。四国には『大谷焼』がありますね。私も主人と徳島まで行きました。あそこには大きな『甕』を造っているでしょう。その甕を自動車に積んで帰ったんですよ。益子であんな大きな甕を造るのは難しいです。前の店の入り口に置いてあるのがその甕です」

と言って道路の向こう側を指した。丁度真向かいの家の玄関に置いてあった。その甕を自動車に積んで鳴門市大谷の地から持ち帰った焼き物に対する執念のようなものを感じて、他の窯元を訪ねて買おうと思っていた日用品をこの店で求めることにした。楕円形の深皿、コーヒー茶わん、湯呑みと手頃な値段の品を探していた。すると奥さんは、

「ちょっとお待ち下さい」

と言うと奥の方に消えた。出てきた時には両手で大小の湯呑みを持っている。

「こんな湯呑みもあります」

見ると柿釉の上の青みがかった白で線が描いてある。茶色の柿釉は益子焼の特徴の一つだ。造りも円味があり温かみが感じられる。

「これはいいですね」

棚にあったのを元に戻してその湯呑みを買うことにした。

店が広いので作品の数も多い。一時間近く雑談をしながら時間をつぶした。午後も四時近くになったので店を後にして宿泊施設に向かった。途中に窯元の看板を数ヶ所見つけたけれども疲れていて訪ねる気がしない。坂を上り続けた。


宿らしき建物を見つけたが、これが宿泊施設なのか疑った。誰がデザインしたのだろう。全て一階の木造でお菓子のドーナツを三分の一ほどに切った形である。公園のなかの敷地だから、施設は公営だがおそらく第三セクターの経営になっているのだろう。食事は同じ棟の中にある

レストランですることになっている。店の名が「ＬＩＳ・ＢＬＡＮＣ」（リス・ブランス）となっているが、はたして何語だろう。益子焼は国際的に有名だからこんな名称が通用するらしい。

ここで二泊する予定になっている。窯元の集まっている集落から離れた一番上のほうだから、足の健康な人にはさほど問題ではないが、膝の悪い者にとっては難儀な場所だ。集落の勾配がこんなに急だとは気がつかなかった。

朝はチェックアウト時間の直前まで部屋にいた。今日は「益子参考館」に行くことにしていた。場所は集落の上のほうだから昨日よりは楽である。地図を頼りに探してゆくと、古めかしい建物がある。長屋門の上部に「益子参考館」と大きな筆文字で書いてある。一九七七（昭和五二年）に開館された。浜田庄司自らが参考にした品々を、広く一般の人々の参考にとの意図により造られたらしい。入り口の長屋門は一号館になっている。広い敷地には全部で四号館まであるからここを見るだけでもかなりの時間がかかる。今日はこの他にも「旧浜田庄司邸（町指定）」も見にゆくことにしている。

浜田庄司という人はとてもスケールの大きな陶芸家だった。陶芸家と言ってしまえばどこか単なる器を造るだけの職人の感じがしないではないが、それだけでは一括りにできないものを感じる。

人間は生きる目的を見つけてひたすらそれに向かって邁進することを美しいと感じるものである。職業の如何を問わずそれは該当する。その職業をとおしてより高次の人格を形成する。人はそのために生きてゆくものだと若い頃から考えてきた。今でもそれは変わらない。だから単なる技術だけをもって誇らしくしている人を見ると、自分にその技術が無いにも係わらず、その人を評価することができなくなってしまう。この尺度から見ると、過去に大勢いる陶芸家の中でも浜田庄司は尊敬に値する人物だと思っている。

かつて立原正秋と加藤唐九郎の対談を読んでいて、この浜田庄司が第一号の人間国宝になったのを批判の対象にしているのがあった。

立原正秋は作家で骨董にも興味を持っていた。加藤唐九郎は国が人間国宝に推薦したのだがこれを受諾しなかった。そのほか河井寛次郎や北大路魯山人も受諾しなかった。

焼き物の歴史を紐解くと必ず最初に出て来るのが「永仁の壺」事件である。いろんな作家がこの事件を取り上げていて、二〇〇四年に「永仁の壺（村松友視・新潮社刊）」が出版された。この事件に登場する贋物の「永仁の壺」を造ったのが加藤唐九郎であった。小説になるくらいなので事件の内容は複雑だからここではおくとして、たしかに加藤唐九郎の技術はすばらしい。愛媛県美術館で彼の造った志野茶碗「亜幌」を見た時あまりにも素晴らしかったので三度足を運んだことがあった。そんなこともあり、彼の技術は素晴らしいと思うが、贋作で世間を騒がせた非人格的行為は許せない。人間国宝ともなると、人格的に高潔であるべきだと思う。

館内には、浜田庄司の「私の陶器の仕事は、京都で道を見つけ、英国で始まり、沖縄で学び、益子で育った。」という言葉が飾られてあった。益子焼はやはり浜田庄司に代表されると言っても過言ではないだろう。それほどまでに彼の人生は益子と共にあった。

もちろん益子には他にも優れた陶芸家がいる。島岡達三(重要無形文化財保持者)がいるし、加守田章二もいる。しかし、浜田庄司抜きでは益子焼は語れないと思う。

「益子参考館」では、単に浜田庄司の作品だけでなく、民芸運動に関係した人達の作品を観ることができた。河合寛次郎、バーナード・リーチの作品もあった。

ここにいると「民芸運動」と呼ばれている限られた社会運動が、単なる趣味趣向で全国的広がったのではないことが解る。理論的には一人の思想家柳宗悦の主張したことに賛同した同士の運動ではあったが、彼らは「象牙の塔」ではなかった。全国の伝統的な産業地を、一つの「美学」をもとに丹念に踏査している。ときにはその地に滞在しそこの人達と語り合い、寝食を共にしながら技術指導や民芸運動の正当性を訴えている。

全国に数多くある民間の窯場が、この運動家たちによって新しく活気を取り戻した所は多い。自分が歩いてきた窯場でも、民芸運動の影響を受けて今日まで栄えている窯場があった。

焼き物だけが民芸運動の対象でなかったことは、「日本民芸館」を訪ねるとよくわかるが、この「益子参考館」でもその一端を見ることができた。

宿舎を出る時には、晴れていた。昨日の「益子参考館」の前にバスの停留所があったので調べてみたら、この路線に乗れば宇都宮市まで行けることがわかった。来た時には真岡鉄道に乗った。帰りには別のルートで、しかも路線バスに乗るのも面白そうだ。

益子焼

大塚国際美術館

二〇〇六年十一月中旬の頃である。鳴門市のJR坂東駅で降りると、予約していた民宿「観梅苑」に落ち着いた。

坂東と言えば、クラシック音楽のファンは、すぐにベートーヴェンの第九交響曲が日本で初めて演奏された地として思い出されることだろう。第一次世界大戦後、この地にドイツ兵俘虜収容所があった。その収容中の彼らが演奏したのである。いまだにドイツと交流が続いているという。

自分が此処に来たのはそれが目的ではない。鳴門市には、愛媛県の砥部焼と同じく江戸時代から続いている「大谷焼」の窯場がある。そこに行くには坂東駅の近くの民宿に泊まるのが最も便利だったからである。

夕方民宿の奥さんと色々話していると、近所に観光地が多い。四国八十八ヶ所の第一番、第二番、第三番札所が纏まっている。少し山の方に行くと、松平健が主演した映画「バルトの楽園」のロケ地がそのまま残されている。そこに観光客がかなり来るらしい。そこからすぐ近くに「大麻比古神社」がある。この神社は徳島県で一番大きな神社で、正月三ヶ日で二十五万人近い参拝者があるという。さらに民宿の窓の向こうの方には、「ドイツ館」や「賀川豊彦記念館」が見える。体調が良くてもこれだけの観光は困難である。

早朝からレールの上を走り放しだったので、持病の腰のヘルニアが痺れている。今夜どれだけ回復するかだ。

鳴戸市行きを計画するとき、陶器市を見て、日程に余裕ができれば「大塚国際美術館」に行くつもりでいた。せっかく近くまで行くのだから一度くらいは見ておきたい。

夕食後に、ＪＲ時刻表を見ながらＡ案、Ｂ案を作成し、起床時の体調に合わせて判断することにした。

目が覚めた時には疲れがだいぶとれていた。この様子だと美術館まで行けるだろう。Ａ案で行動することにして食堂に向かった。

七時過ぎに朝食を済ますと、奥さんに、八時に出発したいからとタクシーをお願いした。

板東駅が一番近いのだが、乗り換えの駅が近いので、直接池谷駅までタクシーで行くことにした。この駅で鳴門駅行きを待つのである。出発時刻にはまだ十一分ある。乗客のほとんどは高校生である。この列車は各駅停車だから通学には最適なのだろう。

鳴門駅に着いた。美術館のパンフレットでは、鳴門市営の路線バスが便利だとあったので、駅前で「鳴門公園行」のバス停を探していると目的のバスが来た。

バスは街中を過ぎると高速道路を走り始めた。路線バスは街中を走るのが普通である。この便は「公園行」となっているが、美術館は「鳴門大橋」の」近くにあることだし、観光用として特別にできているらしい。約十五分で「大塚国際美術館前」に着いた。

この美術館は「大塚製薬株式会社」が出資している。製品としては、市販されている「オロナイン軟膏」など薬品のほか、有名なドリンク物もある。しかし、世事に疎い自分は、大塚製薬が鳴門市に関係のある会社だということを最近まで知らなかった。おそらく「美術館」を建築しなければ将来も知ることはなかったろう。


明治時代から、実業家が美術品を蒐集することはよく知られている。大原美術館は実業家大原孫三郎、国立西洋美術館は実業家松方幸次郎の松方コレクションが元になっているし、ブリジストン美術館は実業家石橋正二郎の蒐集したものだ。その他にも有名な私立美術館があるけれども、ほとんど実業家が自分の財を投じて造ったものばかりである。

大塚国際美術館は、貴重な美術品を蒐集して一般に公開するという従来の方法ではなく、まったく新しい技術で創作した「レプリカ」を陳列している美術館だ。従来の蒐集型の美術館とは類を異にしている。別の言葉で言えば、「印刷陶板美術館」と言えるかもしれない。

この美術館を知ったとき、正直なところ、本物を展示していないのだからあまり興味が無かった。美術館は、やはり本物でなくては意味がない。自分には贋作を高い料金を出して観にいくほど生活に余裕がないのである。

ところが、よく調べてみると、科学技術の進歩によって、今までの常識を逆手に取ったような発想で造られていることがわかってきた。おそらくこれは世界中で日本にしか出来ないのではなかろうか、という気がし始めた。いわゆる世界の最先端をゆく陶磁器の製造技術と、高度なカラー印刷技術が合体したものだ。それに膨大な財力が必要になる。贋作もここまで徹底すれば、贋作を超えた新しい付加価値ができるのかもしれない。そこでどれほどの贋作かを直接この眼で確認してみる気になったのである。

観光案内の写真で大体知っているつもりだったが、実際に館内に入ってみると、今までの美術館のイメージとはかなりかけ離れていることに気が付いた。入り口と思われる正面の広場に二十数本の国旗が風になびいているのだが、どの国の国旗か覚えていないから、察するところ、館内には旗の数だけの国の作品が展示されているのだろうか。入り口は一応コンクリートで建物らしく造ってあるけれども、外観は山の岩壁だから、山の中を刳り抜いて、洞窟のようになった所に美術品が並べてあるものらしい。通常ならば外観で館内の広さが推測できるのに、これでは中に入ってみなければ皆目見当がつかない。足の悪い自分には戸惑いを感じた。

受付にチケットを出す。入館料が三〇〇〇円だ。いつもは公共の美術館に入っていたので、こんなに高い入館料は初めてである。レプリカにそれほどの価値があるのか疑問である。

今までは、美術品といえば、本物以外は全て図録でしか見ることができなかった。現在は精巧なカラー印刷が可能になったので、図録でも無いよりはましで、より多くの作品を見ることができる。しかし図録では、照明の明るさの加減などで、微妙に本物の色とは違っている。それに個々の作品の大きさが、縦横の数字の表示があっても全体像が解りづらかった。それを補填するように、ここに展示してあるものは全て「原寸大」だという。それならば図録よりはましである。

朝起きた時には気持ちよかったが、ここまで乗り継いで来る移動時間がきつかったのか、身体の感覚が通常では無くなっている。微かに耳鳴りのような音が聞こえるし、足と腰に痺れの兆候が感じられる。どこまで保つかわからないが、ここまで来たのだから、可能な限り耐えるしかない。自分の場合、生きるとは耐えることである。過去も現在もそれは継続している。

緊張して中に入った。入るとすぐに急な階段である。しかもとてつもない急傾斜でそれも長い。一挙に三階くらい上がるのではないかと思った。階段の両脇にエスカレターが廻っている。階段は途中に数カ所イヌ走りがあるが、エスカレターは一直線だ。足が悪いので当然エスカレーターに乗る。途中の真ん中辺りから後ろを見ると、あまりにも高低差があるので、もし機械が故障して急停止したことを想像すると、気持ちが悪くなった。こんな長いのに乗ったのは初めてだった。

エスカレーターの終点は地下三階である。建物の一階に当たるところが地下三階とはどういうことか。美術館まで行くことばかりを考えていたので、建物の広さや、作品を観る順序などを研究していなかった。今の体調を考えると、一人でいることが若干不安になってきた。

最初に入った大きな部屋は、ヴァチカン宮殿のシスティーナ礼拝堂である。「ミケランジェロ」が描いた壁画だ。この部屋に入っただけで入館料の高い理由がわかった。絵は写真だが、本物の礼拝堂を原寸で再現してある。神秘的で巨大な空間である。こんな部屋に入ると神の崇高さが理解できそうな気がした。開館から八年経っているのに、天井の一部はまだ未完成である。

ミケランジェロは優れた彫刻家であり、画家でもあったが、この天井の壁画をどうやって描いたのか。あとで知ったところによると、天井まで築かれた足場の上で、一人で四年間かけて描き上げた。できあがったときには身体が曲がっていたという。これだけのエネルギーはとても人間技とは思えない。信仰によって肉体に宿った神が描かせたかに思える。美の神の奇跡である。

同じ階の近くに「エル・グレコの部屋」がある。この人の作品は、既に大原美術館の「受胎告知」や、京都博物館にあった「エル・グレコ展」の企画展で観たことがある。縦長の大きな作品がずらりと並んでいたのを思い出した。面長の顔や身体の細長い表現は彼独特のものだ。どうして細長く書かれているのかは、見る者の位置が下から上を見上げるためである。道路上の表示が細長く書かれているのもそのためである。この作品は既に観ているのだから、なにも偽物を観る必要は無いのだが、どんな作品があるのか一度確かめてみたい気がする。

部屋に入って驚いた。礼拝堂の「祭壇衝立復元」がある。絵画だけでなく、祭壇がそのまま原寸大で再現されているのだから、絵も立体的で迫力を感じる。原画を元にした写真陶板画であっても、こういう方法で立体的に展示すれば、それなりの価値の存在を認めざるをえない。この美術館建設を具体化した人の発想力は驚嘆に値する。

これも同じ階にあるが、イタリア・ポンペイの遺跡から発掘された「秘儀の間」という部屋がある。もちろん原寸大である。

イタリアのポンペイは、紀元七九年にヴェスヴィオ火山の噴火で、一昼夜続いた火砕流の下に埋もれてしまったということは、世界史の時間に学習した記憶がある。その街が一八世紀から発掘作業が始まり、今なお続いている。

この部屋に入ってまず驚くのは、部屋の広さよりも、壁に描かれている絵の真っ赤な色彩である。どうしてこれほど鮮明な色が今日まで保存されていたのだろう。その疑問について、科学者が調査研究したところによると、火砕流の灰の中に乾燥剤の役目をする成分が含まれていたためらしい。これらの遺跡によって、古代ローマの生活の一部がわかるのだという。

地下二階に上がった。中世の作品が多く展示されているが、なかでもレオナルド・ダ・ヴィンチの「最後の晩餐」が目を引いた。これは「修復前」と「修復後」が向かい合わせに展示してある。壁画だから今まで図録でしか見たことがない。大きな壁画が向かい合わせに二枚も展示してあるのだから、必然的に部屋が広い。長い年月に傷んでいるので修復作業が行われていたことは知っていたが、前後の作品を同じ部屋で見ることができるとは思わなかった。

絵画の修復はどの国でも行われている。原画に補修をするのだから原画そのものではなくなっている。「原画に似たもの」である。形あるものは全て無に向かって流れてゆくものである。

世界は諸行無常であり、「方丈記」にある「人と住みかとまたかくのごとし」である。建築にしても地震多発国日本と西欧とでは同一視できないとしても、修理無しではいずれ消えてしまうだろう。消えてゆくものはそのまま消えていくのが自然ではないかともいえる。

しかし芸術作品となるとそうはいかない。制作された当時のものが、原作と同一の物でなくとも、それに近い作品に復元可能であれば、やはり修復して後世の時代に残すべきではないかと思う。修復された作品を観て、新しいインスピレーションを受けた芸術家が、新しい時代の名作を創作する可能性は充分にあるのである。人類が生存を続けるかぎり、美の女神は微笑み続けるだろうから。

なにしろ館内が広く、地図を頼りに歩かないと迷子になってしまう。それでも足腰の痺れがひどくなりだしたので、一〇〇〇点余りあるといわれている全作品の鑑賞は諦めることにした。せめて印象派の諸作品の内、一度見たいと思っていたルノアールの「都会のダンス」と「田舎のダンス」だけをゆっくり観た。

後は壁画だけを見ることにした。

資料を見てピカソの「ゲルニカ」の部屋を探したが、疲労のため見つけることができなかった。

美術館の近くに来たのだから、一度だけでも見ておこうと軽い気持ちで足を伸ばしたのだが、今日の体調ではやはり無理だった。

陶磁器に写真で絵付けをすることは、今では一般的に行われていて、大量生産ができるから、安価で市場に出回っている。家庭で使われている食器のほとんどは印刷ものが多い。焼き物だけでなく、建築資材、日用雑貨類にしてもほとんどが印刷ものである。これほど印刷ものに囲まれているのに、写真の陶板があっても不思議ではない。

陶芸に関しては、日本は世界に誇る歴史と技術を持っている。縄文土器には一万二千年前のものがあり、世界で最も古い焼き物であるという。土を一度焼けばそれほど長く保存される。問題は色彩がどれほどの歴史に耐えることができるのかということである。この美術館の陶板は、資料によると、二〇〇〇年以上鮮明な色彩で保存されるという。時代の経過により本物が傷んだおり、その作品の修復の参考になるらしい。真贋の逆転現象が起きることになる。

館内は、一部地上があるけれども、まるで要塞のようにほとんどが洞窟の中だ。もしかするとスペインの「アルタミラの洞窟」の壁画に発想を得たのかもしれない。

美術館内の作品を全部見るとすると、早く廻れば二時間、ゆっくり見ると半日はかかるらしい。それでも休憩を取りながら一時間近くは館内にいた。あまりにも休憩時間が長いから、見たのはほんの一部分で、単に雰囲気を味わった程度だった。美術の鑑賞は時間が長ければよいというものではないが、一枚の絵画の前に立ちどまってさまざまな空想を思い抱くのは絵画の鑑賞の醍醐味でもある。

苦痛に耐えられなくなって早く出たので、バスを待つ時間が長くなった。時刻表には十一時二十八分となっている。ほとんどの観客は団体で来るらしく、バス停の前には数人しかいない。午前中なので帰るにはまだ時間が早いのだろう。

館内で貰ったパンフレットを下に敷いて座り、足を伸ばして思考力が低下した眼で、風になびく国旗を眺めていた。

富弘美術館

富弘美術館は、群馬県みどり市東町草木にある。星野富弘氏の詩画が展示されている私立美術館である。彼の詩画集が出版されるたびに買ってきた。今では数冊になっているけれども、ただ持っているだけでは物足りなくなり、何時の日か機会があったら原画を見に行きたいと思っていた。なにしろ自宅からではあまりにも遠い。

機会は外からと自分の意志との接点にあるから、外に頼っていたのではいつまでたっても実現できない。ついに足が悪くなってしまった。機会は待つのではなく自分で創るものだとようやく気がついたのは、初めて詩画集を見てから二十年近く経っていた。

体力が無くなると気力に頼るしかないと思い至った。スポーツ選手がよくやるイメージトレーニングの方法で精神を集中し、ようやく気力が充実してきたのは、秋の中ほどであった。

まず東京を拠点とすることにした。東京には、子どもが住んでいるから今までにも何度も行ったことがあるが、田舎から出ていった老人にとっては、たとえ通過するだけでも難儀な場所だ。

二十五年くらい前、東京にいる長兄の妻が入院しているという情報が入ったので、田舎に残っている兄姉が揃って見舞いに行きたいという。そこで自分が今まで何度か経験しているので、案内役として行くことになった。兄姉たちも初めて東京に行くのではないが、貸し切りバスで行くものだから、東京の駅を乗り降りしたことがない。浜松町で乗り換えるとき、あまりの人の多さに気分が悪くなりそうだという。やはり主要な駅の乗り降りを経験しなければ東京の中身がわからない。

時をおいて、ついに長兄から妻が亡くなったとの報に再び上京することになった。

JR山手線の池袋駅で、西武池袋線に乗り換えねばならない。利用者が多いので駅構内の通路の幅は広い。それに乗り換えだから階段が上りもあれば下りもある。迷子になっては困るのでひとかたまりになって通路を降りていた。その時、七人の内の一人がいないのに気がついた。慌てて辺りを見るが何処にもいない。一瞬背中が寒くなった。見る距離を近くからしだいに遠くにして必死で探した。正面を見ると少し上り坂になっている。通路はびっしりと人の頭ばかりだ。このままではとても無理だと思ったとき、目の高さの真ん中に、上の方に押し流されている兄の横顔が見えた。あの時は、不思議にもスポットライトが兄の姿を浮かび上がらせていたように感じた。後ろ向きではなく横向きだったのが良かった。他の者には絶対にここから動かないように言うと、目をそらすことなく人の波をかき分けて、やっとのことで捕まえた。広い通路を隙間無く動いてゆく人混みの流れの中に、先ほどまで隣にいた一個人の姿をどうして見つけることができたのだろう。まさに奇跡というしかない。あの時の一瞬の恐怖と喜びは思い出す度に身の毛がよだつ。

若者ならばともかく、都会の空気を知らない田舎者には、歩くだけでも恐ろしいところである。過去のことはともあれ、東京は、足の悪い老人が一人で歩くところではない。それは解っているつもりだが、行くと決心をしたからには、もはや実行するのみである。

十月二十四日、午前九時四十分に浜松町で降りた。相変わらず人が多く行き来している。その流れの中に身を委ねねばならない。隙間を見つけて身体を横にしながら割り込んで、乗り換えのホームに向かう。案内の標識を頼りに何とかたどり着いた。

ＪＲ山手線に乗り変えて、神田駅まで行き、そこから東京メトロ銀座線に乗り換える。目的は浅草駅である。東武線は浅草駅が発着駅となっている。嫌いな地下鉄に乗って五駅目で降りた。

東武伊勢崎線の「特急りょうもう一三号」が十一時十分に出る。これに乗ると乗り換え無しで埼玉県を通り抜けて、群馬県みどり市の相老駅へ十二時五十二分に到着する。

所要時間は約一時間四十分だ。相老駅で「わたらせ渓谷鉄道」に乗り換える。ここまで来ると、近辺は田舎の風情になってくる。昼食は気車の中で済ましたので、駅前に出て近くを歩いてみたが、見るべきほどのものは無い。残り時間はかなりある。ホームのベンチで本を読みながら待っていた。

列車が来たので乗り込む。十三時四十一分発である。相老駅は始発の桐生駅から二番目の駅になる。

今度の旅行が具体的になったとき、美術館に一番近い「国民宿舎・サンレイク草木」に電話で申し込んだら、丁寧に案内状とともに「わたらせ渓谷鉄道」のパンフレットと、黄緑色の「東村路線バス時刻表（平日）」が同封されていた。それによると、東武線「りょうもう号」と「わたらせ渓谷鉄道」を乗り継ぐには、相老駅で乗り換えるのが一番便利だと書いてあった。

この会社の正式な名称は「わたらせ渓谷鉄道株式会社」だ。歴史は古く明治時代に遡るが、経営主も変わり、現在は、群馬県、みどり市、桐生市、栃木県日光市が出資する第三セクターの会社になっている。

名称のとおり「渡瀬川」沿いに走る鉄道だ。渡瀬川といえば、すぐに上流の足尾銅山鉱毒事件と、これに一生を捧げた政治家・田中正造の名前を思い出す。彼は帝国議会でこの問題を追及し、天皇に直訴までした。日本の公害問題を取り上げた最初の事件だと言われている。

渡良瀬川は、百年の過去を洗い流して今は静かに流れている。沿線を走る鉄道も、往時の住民を苦しませた鉱毒事件のことなど忘れたかのように、秋が深まれば紅葉の中を、観光列車として観客を楽しませている。

周囲を見ると、所どころに黄色味がかった木々は見えるけれども、紅葉には全体的にまだ早すぎる。上流の日光市の方は既に紅葉が始まり、観光客が多いらしい。

神戸《ごうど》駅には十四時三十一分に着いた。小さな無人駅だ。駅を出ると市営の路線バスが待っていた。このバスは、コースによって異なるが、富弘美術館、国民宿舎などを通り、また神戸駅に戻る。出発は十四時四十分である。

今夜の宿泊施設「サンレイク草木」に着くのは十四時五十六分となっていた。

人家や急傾斜の山の中をS字型に曲がりながら登ると、国道一二二号線に出た。国道だけあって幅が広く、傾斜がほとんど無い。少し行くと道路の右下にダム湖が見えだした。渡瀬渓谷に造られた人工湖で、幅の広い湖の真ん中に間欠の噴水が上がっている。

この道路を上流に向かって走れば日光市へと続く。

狭くなっているところに赤い鉄橋があった。バスは右に折れて橋を渡りきると、更に右に折れ、対岸を走る。しばらくすると目的地に着いた。路線バスだからほぼ予定の時間に着く。今夜はここで宿泊する。

湖側に広い駐車場があるのだが、廻りの樹が大きいので湖面は見ることができない。受付を済ますと、二階の部屋に案内して貰う。廊下や部屋の中にも星野富弘氏の詩画が掛けてあった。どうも複製画のようだ。

案内されたのは和室であった。荷物を置くと窓際に座って一息ついた。乗り継ぐ駅で少し歩いただけなので足は痺れていないが、腰が痺れている。畳の上に横になって足を伸ばすと、腰の痺れがひどくなったが、これは何時もの症状で、五分もすれば元の状態になる。

横になると今までのことが頭に浮かんでくる。朝には都内の駅の喧噪をくぐり抜けるのが必死だった。目的を持って意識を集中していると、ある程度の痛みに耐えることができることを知った。今倒れることはできないという単純な意志が、緊張を持続させてここまで来たのである。

今は嘘のような静かさである。疲れの後にくる気怠さが全身を覆っていて、鮮明な意識は回復していない。それでもこの静けさは、久しぶりに味わう幸福感と一つになって、緩やかに自分の心に落ち着きを与えてくれる。自分が今生きているという存在感を意識する。静寂は人間の心に安寧を与えてくれるようだ。

ここに来る一週間前に、四十年間交際を続けていた友人が亡くなった。二十歳前後の頃、一週間に一度彼の家を訪ねて、夜遅くまで話した。あまりに長く部屋にいるものだから、彼の母親がドアの外で、「もう朝になるから、いい加減にして寝なさい」と注意されたものだった。それでも懲りずまた一週間後に話に行く。今度は「あなたたちはどうしてそんなに話す事があるのかね」とあきれたように言った。どうしてか解らないがとにかく話すことが多かった。未熟な私たちは、文学や哲学や宗教など、解らないことがあまりにも多過ぎた。それらを尽きることなく真剣に語りあったものだ。

やがて二人は互いに別の生き方を選んで生きてきた。

彼は四万人足らずの小さな町で、既に二社が発行していた地方紙に、三番目の新聞を発行した。反原発、反権力を基本に独自の主張を展開した。市民は三ヶ月でつぶれると噂したが、不思議に三十年余も続いた。彼の「匿名報道」に関する理念は、広くマスコミ関係者に知れることとなり、関西の大学に招聘されて講演するまでに至った。

その彼が数年前病に倒れ、亡くなる直前にプロテスタントの教会で洗礼を受けた。そして、わずかの期間ではあったが、信仰を持って生き、かろうじて動く左手でワープロを打ち、死の直前まで主張することをやめなかった。

近くの教会で行われたお別れの会に参列して、彼の人生を考えた。彼は自分の人生を開拓しながら生きた。素晴らしい伴侶や多くの友人たちに恵まれていたとはいえ、自分の存在をこれほど輝かせて燃焼しきった者はあまりいないのではなかろうか。素晴らしい生き方をしたものだと思った。「人は何のために生きるのか」という単純な問いを口にすることはできるが、「人生とはこのようなものだ」という答えは難しい。彼は、その答えを「生き方」で教えてくれたように思う。

「富弘美術館」に行くことを決心したときは彼はまだ元気だった。私は、大切なものを失い、感傷的な心のままで旅に出た。


星野富弘氏はクリスチャンである。頸椎損傷という傷害で、首から下を動かすことができない。にもかかわらず口に筆を啣えて絵や文字を書く。同じような書き方をする人は他にもいるらしいが、その作品を初めてみたとき、この人の絵と短詩に感動した。

その頃私は「心房細動」という聞き慣れない心臓の発作に悩まされて、睡眠不足から絶望の底で苦しんでいた。そんなとき星野富弘氏の著作に出会ったのだった。そしてこの本に一縷の光を見た思いがした。

たどたどしい筆使いだが、しっかりとした観察による草花の姿は、生き生きと描かれていた。その余白にそっと添えられたわずかな文字が心に沁みた。信仰による深い人生観が語られている。文字数は少なくても、真実の言葉とはこのようなものを言うのだろう。

ことのほか「ねこやなぎ」と題する絵が好きで、繰り返し見た。絵の上部の余白に、呟くような六行の言葉が、まるで絵と文字が一体となって、一枚の絵になっている。

心が疲弊しているときは、強い言葉や励ましはむしろ逆効果になる。子どもと話す時、自然と子どもの目と同じ高さで話し掛けるように、優しく囁くような静かな言葉が救いになるものだ。この本に出会って、少しずつ心の暗闇から脱することができたのである。


夕食時間になったので、一階のレストランにゆく。窓際の指定の席に座る。テーブルの上に置いてある品を一瞥すると、初めて見る緑色の物がある。添え物から察すると刺身のようだ。箸で触ると柔らかい。醤油を付けておもむろに口にいれる。何のことはない「コンニャク」である。

群馬県には海岸が無い。その為ではないだろうが、刺身にコンニャクだけというのは初めてだ。しかも着色してある。地元の特産品かもしれない。

特に刺身が好きという訳ではないけれども、同封されていた宿舎の写真には、魚の刺身が載っていた。あれは高額なコースの献立なのだろう。

食事を済ませて二階に上がり、部屋で畳の上に横になって一日の事を整理する。東京の雑踏の中をくぐり抜けて、電車やバスを乗り継いで何とか此処まで来ることができた。だがまだ来たばかりだ。かなり足腰の痺れが残っている。夜中に発作が起きたときの救急車の手配などが脳裏をよぎる。だがそのときはその時に考えればよいだろう。泰然とした気持ちを持たなければ一人旅は不可能だ。

一休みしたので風呂にゆく。「露天風呂」「クマ笹の湯」「竹炭の湯」などと種類があるが、湯に興味が無いので大浴場に入った。

湯から出ても軽い痺れが残っているので、湿布薬を貼って布団の中に入った。

夜中の十二時ごろ、慣れない床のせいか目を覚ましてトイレにゆく。別の部屋ではまだ客の話し声が聞こえる。単なる観光目的なら、複数で宿泊し、夜遅くまで語り合うのは普通である。この程度の声なら別室の客の迷惑になることもないだろう。

布団の中に入るとすぐに眠れたが、やはり眠りが浅く、四時半頃また目が覚めた。まだ頭の中が睡眠状態だ。目を閉じてじっとしていると再び混濁状態になった。

目が覚めたときは六時過ぎだった。

寝間着のままでテレビをつけて天気予報を見る。今日は晴れるらしい。

窓の外がしらみ始めた。

昨夜も発作が起きなかった。それが当たり前なのに、夜中に何度も病院に駆け込んだりしていると、当たり前の事が特殊に感じられてくるから不思議だ。心臓の心房と心室の「弁」が、七十年近く一度も止まらないこと自体が不思議なのだが、狂い始めてやっと正常のありがたみがわかる。膝の痛みも同じことだ。自分は生に対する認識の甘さを再認識しなければならなかった。それでも心臓が止まる瞬間まで、生に執着し続けなければならないのである。

自分の心臓の故障は、脳からくる電気信号回路に問題があるらしい。心臓は伸縮を繰り返して血液を全身に送っている。およそ一分間に五、六十回伸縮しているが、発作的にこれが乱れ始める。単なる不整脈とは異なり、鼓動の強弱、リズムが心電図で見るとメチャクチャになっている。心臓から出た新しい血液は、始めに上に向かって押し出されるから、脳梗塞になる確立が非常に高い。一時間以内に発作を抑える必要があるという。そして、この電気回路は二度と消えることはないといわれている。

動物のなかで自殺することができるのはおそらく人間だけだろう。人間は自分の生命を自らの意志で否定することが可能である。動物は、与えられた生を本能のままに生きてゆくが、人間は精神を有し意志を持っている。だからこそ、他と異なる特殊な存在であり、高等な動物なのだ。生命を断絶することは恐怖を伴うけれども、その判断は何時でも可能だ。それならば、常に不安を感じながらも、まず生命を維持することに専念するのが、唯一精神活動を有している高等な動物の行動だろう。いずれは死滅する生命であるからこそ、やがて消えるその瞬間まで最大限に燃焼し尽くさなければならない。

七時からレストランに行く。昨夜は部屋の広さを見る余裕がなかったが、五十人は収容出来そうだ。入り口から突き当たりの窓際で、外の景色を眺めながら時間を掛けて済ませた。

宿舎の前の駐車場まで路線バスが来るから、早めに外に出て待っていた。空は青く気持ちがよい。


定時にバスが来たので乗り込む。

十時に「富弘美術館」前停留所に着いた。国道を渡ると広場である。昨日、この道路を路線バスで通ったとき、マップではたしかこの辺りに有るはずだがと気にかけていたのに、美術館らしき建物を見つけることができなかった。ダム湖側の大きな木々の葉に囲まれたすき間から、四角で倉庫のような物が見えていたが、それが美術館だったのだ。

広場とダム湖の間に茂っているケヤキや楢の木の葉はまだ黄緑色で、とても美しいとは言えない。ただ、背丈の低い灌木の葉が深紅になっているのがある。一際目立ち存在感を見せている。あの木の名を知りたいものだ。

バスから降りて広場を横切り、入り口の方に向かって歩いていると、湖の方がひらけて来た。すると今まで静かだった湖面に噴水が高くあがり、落ちる水にできた円い波が幾重にもなって広がりこちらに近づいてくる。

美術館の入り口らしき所の近くまで来たけれども、何処が入り口なのか分かりにくい。戸惑っていると、先ほど着いた貸し切りバスから降りていた子どもたちが、二列に並んで腰を下ろし、引率の先生に注意事項を教わり始めた。見たところ五十人程度で小学生高学年らしい。

その一団は、やがて立ち上がると、行列を作り入り口に向かって歩き始めた。私もその後に付いて中に入った。

外観は四角形で単調な建物である。ところが中に入ると展示室は全て円になっている。円と円を並べると接触面ができる。その接触したところが出入り口で、残った空間は小さな屋内庭園になっている。三十三個の大小の円があるのだという。

展示室の照明がやや暗く感じるのは此処だけではなく、どこの美術館でも同じだ。富弘氏の作品は水彩画だから特に照明に気を配られているようだ。

原画は考えていたよりも小さかった。筆を口に咥えて書くのだから小さいのがあたり前だ。図録では、縦横の寸法が書かれているけれど、実際に見ないと把握しにくい。これは洋画でも同じである。数年前に愛媛県美術館で開催されていた洋画の展覧会で、「ナポレオンの戴冠式」を見たとき、その大きさに圧倒されたことがあったが、絵画は大きさで善し悪しが決まるわけではない。
今までに画集や絵はがきが発行されているから、見慣れた作品も多くある。もちろん初めて見るものや、珍しく小学校の頃に書かれた作品など貴重なものがあった。それを見ると、星野氏は、絵の才能は子どもの頃からのもので、詩、随筆にしろ、文才も天性のものだったことがわかる。

この美術館の設計は全国からの応募作品の中から本人が選んだものらしい。正方形の外枠の中に大小の「しゃぼん玉」を入れたようになっている。だから大きい展示室があると次の部屋は小さいのがあったりする。一枚の絵が小さいので壁が円形であっても展示ができる。実にユニークな発想の建築である。

第一展示室に入ったとき、今までの思いが実現したことの感動だろうか、目頭が熱くなるのを抑えられなかった。足腰が思うように動かないのに、無理して此処まできた。まるで、からだの不自由なのに絵を描き続けておられる星野氏の魂に導かれていたかのようである。彼は奇跡の人だが、その奇跡を起こしたのは、母親であり周囲の人たちでもあった。彼一人ではこの奇跡は生まれなかったろう。私は信仰を持たないけれども、仮に信仰を持ったとしても、これほどの偉業はなし得られなかったと思う。

一通り見終わると「ビデオ室」で、星野氏の語りとともに子どもの頃からの映像が流れていた。椅子に腰掛けて身体の痺れがとれるのを待った。星野氏の人生は「随筆集・愛、深き淵より」を読んでいたので解ったつもりでいたが、映像のなかの本人の声を聴いていると、あらためて彼の人生の苦悩がより深いところから伝わってくるのを覚えた。

少し疲れがとれたので立ち上がる。隣の部屋は明るいので、惹かれるようにゆくとドアがある。そのドアを開けると澄んだ外気が中に入ってきた。

縁側に通じているようだ。眼下には湖が見える。庭から遊歩道が曲がりながら落葉樹の林の中に消えている。深紅になった木の葉が庭から道沿いに続いている。

足元には、「ドウダンツツジ」と書かれた杭が立っていた。前の広場から見えた真っ赤な木の葉は、これの成長したものだったらしい。

しばらく湖を眺めていた。館内とは違い、ここに立って湖を眺めているのは自分ひとりである。

ここまでくると、友人が亡くなったことに対する憂鬱な気持ちは、少し薄らいでいる。室内の絵画と周囲の風景、澄んだ空気、それに美しい湖の静けさが、濁った心を浄化してくれたようだ。また今までどおりの気持ちで生きてゆけそうな気がする。

美術館から出る手前の売店で絵はがきを買った。十分ほどかかって絵を選んだ末、八枚セットを三つと、「ねこやなぎ」の絵を一枚買った。この絵は私にとって特別なものである。

外の広場には貸し切りバスが二台着いていた。六十歳前後の女性ばかりがバスから降りてくる。日光で観光を済ませた帰りに、美術館に入るらしい。

また重くなった足を引きずるようにして広場を通り抜け、バス停の少し離れたコンクリートに腰掛けて、時間が来るのを待った。宿舎には十三時四十分に着いた。

部屋に落ち着くと、買って来た絵はがきを出して、亡くなったばかりの友人の奥さん宛に、彼に対する追悼の言葉と、美術館に来た理由、それに彼の意志を継いで新聞を発行して欲しい旨を書いた。愛媛から遥か離れた地から便りを出すことで、今までの感情に区切りをつけたかった。

書くにしたがって長くなり、六枚になった。旅に出る時は何時も切手を持ち歩いているので、それぞれに切手を貼った。明日宿を出るとき受付に渡して、配達員に出して貰うようお願いするつもりだ。

四時頃風呂にゆく。今日は露天風呂に入ってみようと思う。生まれて初めての露天風呂である。他に客はいなかった。外気に触れながら湯につかるのも悪くない。

出ようとして西の方を見ると、山の上に、赤く染まり始めた雲がたなびいている。秋の日の渓谷はもう暮れかかっていた。

翌日、宿舎から乗った路線バスで、「わたらせ渓谷鉄道」の神戸駅に着いた。貸し切りバスで行き来する人が多いせいか、乗り降りする人は三人である。

陸橋を渡って二番ホームに着いた。大学生らしい女性が一人立っている。おそらく美術館からの帰りだろう。それとも地元の人だろうか。美しい顔に微かな憂いを感じる。秋の弱い陽の当たりぐあいかもしれない。

十時二十分の列車に乗り、相老駅で降りる。

時計を見ると、東武伊勢崎線の乗り換えには、約一時間の余裕がある。駅前の食堂「しんかど」に入って昼食をした。後は十二時十一分発の「りょうもう二二号」に乗るだけである。

浅草行きの列車が定刻に出発した。

上野《あがの》焼

大分県と福岡県の県境の谷底を、ＪＲ日田彦山線が走っている。この線路の小倉側は、城野駅でＪＲ日豊線に繋がり、日田側は夜明駅でＪＲ久大本線に接続している。「上野焼」の窯場に行くには、この日田彦山線を走らなければならない。

筑前岩屋駅上り十時九分発の列車に乗るため、時間待ちをしていると、駅舎の前の広場の端に数人の人が集まっている。近づいてみると湧き水を汲みに来た人たちであった。大きなポリ容器を二個持っている者もいる。

「この水はどんな水ですか」

と言うと、

「九州一美味しい水だ」

と答えた。かなり遠方から来たという人がいた。日本一美味しい水というのもいろんな所にあるらしいから、別に気にすることなく立ち話をしていた。

時間が来たので駅舎に入る。小さな無人駅だ。無人駅は愛媛にもあるけれども、この駅はまだ新しい。それにデザインが日本風で美しく、駅名の看板の文字も草書の筆書きで、入り口には大きな庭石が並び、線路と駅名が無ければ観光用の建築に見える。近くに国の重要無形文化材に指定されている「小鹿田焼」があり、小川の「唐臼」が有名で、多くの観光客が来るためだろうか。周囲は山林の風景に溶け込んでいる。

定刻に汽車が来た。

発車の時刻が来た。これから二十七・七キロ先の田川伊田駅で、第三セクター・平成筑豊鉄道の伊田線に乗り換えなければならない。のんびりと文庫本を読む気になれず、車窓から見える山林を眺める。

先日の久大本線は、盆地が多かった。この線路は山林の中をひた走る。先ほど襲来した台風の傷跡らしく、あちこちで倒れている木が、幹の途中から折れて白い木肌をさらしていた。

田川伊田駅に十一時十二分に到着、乗り換えの時間が四分だ。通常なら乗り換えの列車は同じホームの反対側に来る。それなら四分もあれば十分だ。そのつもりで予定していたのだが、初めての土地は予想外のことが起きる。到着前の気車のアナウンスで「平成筑豊鉄道伊田線をご利用のお客さまは、次の駅の一番端のホームに到着していますので、急いでお乗り換えください」という。

これは意外であった。一番端のホームまでどのくらいの距離があるのだろう。はたして四分で乗り換えができるのか一瞬不安が走った。

ホームに着くと案内の表示にしたがって急ぐ。線路を渡るのは地下道になっている。走って目的のホームに着き、汽車に乗り込んで立ったまま大きく息を一つするとゴトリと動き始めた。整形外科の医師から「走らず・飛び上がらず・階段は要注意」と言われているのに、走ってしまった。湿布薬を貼っていたので痛いのを忘れていたのだ。後から痛みがひどくなるかもしれない。しかし、これで予定通りに赤池駅に着くだろう。席に着いて時刻表を見る。残りは七・六キロ、時間で約二十分、七駅である。

予定どおり十一時三十五分に着いた。小さな駅だ。丸屋根のシンプルな建物の壁に「赤池駅」とあり、文字の両脇に楽譜の音符が取り付けてある。これだけで音楽に関係することがわかる。旧田川郡上野村には、江戸時代から続いている「上野焼」がある。遠州七窯の一つといわれて茶人等に知られている。またそれだけでなく昭和の戦中戦後に活躍した作曲家がいた。童謡で有名な川村光陽だ。「かもめのすいへいさん」や「りんごのひとりごと」は、作詞家や作曲家の名前は忘れても曲はほとんどの人が知っている。川村光陽はこの地の出身だった。駅舎に音符が飾られているのはそのためだ。

今朝九時過ぎに宿を出てから二時間半たっている。林道を走るタクシー、それから各駅停車だから乗車時間が長いので、腰に負担がかかる。昨夜宿の傍の小川の水が雨上がりで増水していた。音が耳について熟睡できなかったので昨日の疲れがとれていない。足腰の痛みがひどくなり、歩くのがやっとである。こうなると意識が朦朧としてくる。ここまで来たのだからなんとかして目的を果たさなければならない。今夜は温泉施設だからゆっくり休めるだろう。

駅舎の待合室の椅子に腰掛けて一息した。頭の中は朦朧としたままである。なかなか元に戻らない。

棚に置いてあった「上野焼窯元案内」のチラシをぼんやり見ていると、集中力が少しできたので、取りあえずタクシーで交流館まで行くことにした。

交流館の右側に接続している食堂に入った。

昼食を済まして、二十分ほどじっと座ったまま回復を待った。なかなか元に戻らない。体調がいつもと違う。

案内図を見ていると、ここから少し下った所に窯元がある。この程度の距離なら、ゆっくり歩けば行けるかもしれない。

しばらくすると少し動く意欲が湧いたので立ち上がった。

歩いてみると、地図とは距離がかなり違う。坂は緩やかで左の方に道が分かれている。ここから下の一帯は田園風景だ。地図にしたがって左に折れる。大きな日本家屋が見えた。門がある。一見農家風の家だが、L字型になって、陳列場所が広い。そこに作品が所狭しと並んでいる。足の踏み場も無いくらいだ。

この窯元には品数が多い。一通り見終わるのに二十分ほどかかったが、また疲れがぶり返したので、出がけに小物を一個買ったら小さな皿を一つサービスしてくれた。

帰る途中に窯元があったので、敷地の中に入って見たけれども、建物までの距離があまりにも長いのと、近づくと入り口が閉まっていたのでやむなく引き返した。

どの窯場でも傾斜地にあるのが普通だ。昔は登り窯で焼いていたので自然と傾斜地になったのだろう。窯元が点在しているので歩く距離が長そうだ。今の状態ではとても行けそうもない。

再び交流館に入ることにした。

しばらく食堂で休憩をする。疲れが回復するのを待ち、展示室に入った。ここには全ての窯元の作品が陳列してあるらしい。広い店内を二度廻った。頭がぼんやりしているので美的感覚が鈍り、作品を選択するのに時間がかかる。それでもぐい呑を二個買うと、先ほど窯元で買ったものを一緒にして、宅配便で送ってもらうことにした。

上野焼は緑色の釉薬が有名だ。いわゆる「緑青・(銅)」である。昔から、これで飲食すれば毒を消すと言われ、毒消焼の異名を持っている。だが、現在は、緑青だけでなく、銅鉄系釉を使った三彩釉、そのほか透明釉、鉄系釉の四種類が主なものとなっている。

歴史は九州の他の窯場にあるように、文禄・慶長の役で、たくさんの陶工が朝鮮から渡来したが、上野焼もそのなかの一人である尊楷が祖だという。当時武将で、千利休の七哲のひとりだった茶人、細川忠興が尊楷を招いて小倉に開窯した。窯場はその後転々としたが、現在の赤池町上野郷に移ったという。さらに江戸時代の茶人、小堀遠州好みの茶器を焼いた「遠州七窯」の一つとして有名である。

作風は「小石原焼」よりは優雅な感じがある。「高取焼」に似た風情だ。窯元は、盛衰の時期はあったらしいが、現在十六軒が傾斜地の道端に点在している。

レジで係の人にタクシーを依頼すると、隣にいた四十過ぎと思われる作務衣を着た女性の店員さんが、こちらの様子をちらりと見ると、

「宿泊は『上野温泉』ですか。しばらくすると暇になるので私が車で送ります。食堂で休んでいてください」

と言う。店内を廻ったので疲れは極限に達していた。よほど疲れが表に出ていたのだろう。

お言葉に甘えることにして、また「茶房・あがの」に入った。

入り口の右端にある椅子に腰掛けたまま、目をつぶって俯いていた。このままでは意識が無くなりそうだ。大袈裟なようだが、自分の場合旅行は命がけだ。極度に疲れたりストレスが溜まると持病の発作が起きる。走る気車の中であれ、あるいは窯場の地で倒れたとしてもそれで満足だ。混濁した意識の中でそんなシナリオが飛び飛びに頭の中を去来する。どのくらいじっとしていたのだろう。時計を見ると三時に五分前である。随分と長い気がしたが、十分しか経っていなかった。三時がチェックインだから丁度よい時間だ。すると突然大きな声がした。

「お客さん、お待たせしました。荷物は私が持ちます」

と言って、重いはずのキャリーを片手で軽く持ち上げ、早い足取りで歩き始める。体格は自分と同じくらいだが、男勝りのきびきびした動きをする。後をついてゆくのがやっとだ。展示室の前を通り、ふれあい市が催されている別棟の間を過ぎたら、職員用の駐車場に出た。軽自動車に乗り込む。

窯元がある緩やかな道路をつづら折りに登ると、やがて急な坂道になり、宿の手前に小さな駐車場があった。

店員さんには丁重にお礼を言って別れた。左の方に急傾斜になっている山肌を削って、コンクリート三階建ての建物がある。一階は駐車場らしい。キャリーを引きずりながら受付にゆく。部屋に案内されて驚いた。和室で十人は入れるかと思われる広さである。窓の方には御影石で造った内湯がある。ここも五、六人は入れるだろう。申し込みの時に、田舎の宿にしては少し料金が高いと思ったが、これなら合点がいく。一人だけと言ったとき、既に狭い部屋は満室だったのだろう。この温泉宿は、宿泊が目的ではなくて、地元の人たちの娯楽施設なのかもしれない。内湯まであるところをみると家族連れのための部屋らしい。

部屋の様子がわかると、急に部屋の真ん中に崩れるようにそのまま意識不明になってしまった。立ったまま棒が倒れるように横になったのではない。

自分は過去にも気絶した経験がある。その時は小学生の頃で、持病の扁桃腺が腫れて呼吸がしづらく学校を休んでいた。気分が良いのでトイレに行ったところ、目眩のような現象が起きて音をたてて倒れた。その音が高かったものだから、母が駆けつけてみると意識が無い。すぐに引っ返して洗面器に水を持って来て、顔に水を掛けたらしい。

その時の自分は、真っ暗な中を地下の果てに向かって落ち続けていた。かなりの時間が経った頃、水たまりの中に落ちた。そして冷たいと感じた。それが母が顔に水を掛けた時だったのだ。

もう一度ある。自動車で通勤をしていた頃、家の近くまで帰ったとき、急に意識が無くなって、電話専用の小さな柱に正面衝突した。疲労が重なって居眠りをしていたのかもしれない。衝突の衝撃で電柱が傾いたから、自分に対する衝撃が緩和されて助かったのだろう。あれが大きな電柱であれば恐らく即死だったと思われる。

それ以後は、よほどのことがない限り自動車の運転はしないことにしている。

気が付くと二時間近く経っていた。

目が覚めてみると今までの気怠さが少し消えている気がした。夕食は七時からだと言っていた。まだしばらく時間があるけれども外に出て辺りを散策する気にはなれない。横になったまま、畳のこころよい薫りを吸いながら、今日一日のことを思い返した。

身体が不自由になってから思いついた初めての小旅行である。もっと元気な時に実行すればこんなに苦しむことは無かった。

人は生まれ落ちると同時に、今までの環境と異なった世界のなかで周囲に抵抗しながら生きてゆく。宗教は、己の命は「偉大なものによって生かされている」のだと教える。人は苦しみ悩み絶望し時には死を選択する場合さえある。自分にもそんな経験がある。人間は弱い存在であり、信仰の祈りによって弱さを克服することができる。強くあらねば生きてはゆけない。自分あるいは対象と闘うことで己の存在を維持しようとする。そして終には老い朽ち果てる。自分は今エピローグの幕が上がったばかりではないか。肉体の痛みに耐えかねてそのまま死を待つのは嫌だ。自分に生きようとする強い意志がどのくらいあるのか試されている気がする。要は精神力の問題なのだ。ならば、来るその時期までに、やりたいことを実行し、行きたい所へは旅行しなければならないという気持ちになる。

こんなありふれた一般論を持ち出して、自分の行動規範に当てはめて慰めているだけだ。出発したのが十二日の早朝だ。今日で三日目で、明朝帰路につく。問題は今夜無事に夜を過ごすことができるかである。今までは、今日みたいに疲労が溜まった日が続くと、何度も持病の発作が起きたものだ。それを気にしていたのでは何もできない。なったらなった時だと開き直ってようやくここまで来たのである。

少し動けそうな気がする。

レストランは三階にある。時間になったので、ドアを開けてみると細長くて広い。しかも誰もいない。係の人に案内してもらうと、一番奥の窓際に一人だけの席が準備してあった。

席に着くとなにやら音がしている。どこからしているのか注意して辺りを眺めると、窓の外である。ガラス戸が開けられ網戸になっている。部屋の明かりは近くの草深い斜面をぼんやりと浮き上がらせている。音はその草原のなかにすだくむしの鳴き声であった。初めはあまりにも音が大きいのでスピーカーから部屋に流しているのかと思っていた。

我が家の近くの道端に鳴く虫の声は、鈴虫や蟋蟀の声が聞き分けられる程度の泣き方だが、ここではとても虫の声とは思われない。声全体がひとかたまりになって音だけが聞こえる。ある人がヨーロッパの友人を家に招いたとき、虫の声を聴いて「あのノイズは何だ」と訊いたという話を読んだことがある。虫の声をノイズとは失礼なことを言うと思っていたが、ここで聴くとなるほど失礼とは言えない気がする。それほどすさまじい声である。むしろ声というより音に近い。事実正確には声ではなく羽の摺り合わせる音らしいから、音に違いないけれども、声にしないと日本的情緒にしっくりこない。

「お酒はどうですか」

と言うから、いらないと答えた。今夜はまだ疲れがとれていないので、飲む気になれない。しばらくすると近くの椅子に四十代の夫婦らしき一組が来た。振る舞いから見ると地元の人ではないようだ。今夜の泊まり客だろうか。遠路湯と夕食だけするために来たのかもしれない。三十分ほどで食事を済ますと席を立った。

食事が終わりに近づいた頃、ウェイトレスが来て、

「まだご飯があります」

と言う。初めに出ていた料理の中に握り寿司が三個あったので、追加のご飯は断った。いまだ聴いたことのない虫の声に酔いながらゆっくりと食べたので、時計を見ると八時少し前である。先ほどの客以外は誰も入って来ない。広い部屋を借り切っていると同じだ。虫の声のほかには何も聞こえない。山奥の夜が更けてゆく。

中央に布団が敷いてあるがまだ寝る気にならず、畳の上に再び横になった。窓が開いていないので、虫の声が遠くの方に聞こえる。内湯のある部屋に泊まるのは初めてだ。「あがの温泉・白糸の湯」とあるが、昔から湧出している自然の温泉ではなく、打ち抜き温泉らしい。

自分は温泉には興味がない。温泉に限らず風呂に入ることに興味がない。世間に、風呂に入ってのんびり疲れを取ると言うけれども、自分は身体を洗うために湯に入るので、風呂場に入ると、なるべく早くここから出ることで頭がいっぱいになる。とても疲れを取るという雰囲気になれない。子どもの頃には家に風呂がなく、近くの家に、大きな杉林の暗い道を一人で借りに行った。田舎の暗闇は神経が高揚する。その時の恐怖心が風呂と連動しているのだろうか。困った悪癖である。湯に関する限り、自分は日本的文化を理解していない最も数少ない人間の内の一人だろう。

部屋の時計を見ると九時を少し過ぎている。浴槽は石造りで豪華な感じがする。泉質は何に効くのか知らないが「道後温泉」よりも濃く、手がぬるぬるする。二十分ほどで出ると浴衣に着替えて床の中で足を伸ばした。持って来たCDのポータブルプレイヤーでオカリナの曲を聴く。毎晩眠りにつく前のリラックスするひとときである。

上野焼

小鹿田《おんた》の里

九月十二日の早朝のこと、八幡浜港から別府行きのフェリーに乗った。出発は六時二十分だ。風が無い穏やかな、船の旅行には最適な天気である。

客室の一番奥のコーナーに荷物を置く。乗客はまばらである。トレーナーに着替えて、パンと野菜ジュースの朝食を済ますと、今では手放せなくなった心臓の薬を飲んで、横になった。

日本の場合、政治的意図で故意に交通手段を悪くしていた時代があった。大井川に橋の建造を拒否し、急峻な箱根の山を公道とすることを命じたりと、幕府を守ることのみに重点が置かれた。したがって、西洋のように馬車の歴史が欠けていた。明治維新以後の文明開化により全国に鉄道を敷設し、戦後の国政は、自動車の普及とともに道路の整備に力を入れ、田舎に補助金をだして農道の新設を奨励した。その結果全国津々浦々にまで交通網が整備されたから、自家用車にするか鉄道にするかの選択の幅ができ、昔の旅と現在の旅では、旅の内容が大きく異なってきた。

俳句とともに旅人としても有名な松尾芭蕉は、「おくのほそ道」の始めのほうに、それまで住んでいた芭蕉庵を他人に譲って出発したことを記している。現在の人達の旅とは観光旅行のことだろう。芭蕉とは旅の内容が違う。彼は命がけで旅をしたのである。はたして今の人が旅立つとき、親しい人との死別を意識する者は何人いるであろうか。

自分のことを考えれば、もしかすると、この旅が無事に終わるかどうかその結果次第では、今後の生き方が変わるかもしれないという、その程度の一抹の不安がまだ残っているくらいである。

通常より行動を起こす時間が若干早いし、やはり緊張しているのだろう、持って来た本をバッグから出す気がしない。眼を閉じて今までの経緯や、これから先の気車の乗り換えなどがうまくできるかどうかなど、考えることがあまりにも多い。だが考えていてもどうにもならない。その時の咄嗟の判断にゆだねるしかないのだ。

気持ちが落ち着けば一眠りできるかもしれない。波は穏やかだから豊後水道も大きく揺れることは無いだろう。

乗船時間は約二時間半らしい。一休みするには充分な時間だ。

通常なら出発して一時間くらいで三崎半島を過ぎ、豊後水道に入る。すると潮の流れが速いのか船の揺れ方が変わってくる。船全体が弄ばれているような揺れ方である。だが今朝は大きな揺れもなく過ぎた。横になっていたので身体が楽になり、普通の精神状態に戻ってきた。足腰も今のところ痛みはない。

船内放送で到着が近いという。デッキに出ると、ほかの乗客はすでに並んでいた。陸の方を眺めると所どころに湯煙が上がっている。別府に来たという実感が湧いてくる。

別府駅は港からタクシーで二、三分の所にあった。日豊本線は門司駅から延岡駅まで続いているが、乗る区間はわずか十四分で、三駅目で降りる。

大分駅に着いたが、降りる前の乗り換え案内が不十分でよくわからなかった。しかたがないので一度地下に降りて、駅員さんに久大本線の乗り場を聞くと、七番乗り場だと丁寧に教えてくれた。膝に負担がかからないように、キャリーを一段ずつ持ち上げてゆっくりとホームに上がる。立ったまま一息つくと喉が乾いているのに気が付いた。自動販売機でポカリスェットを買う。ペットがゴトリ落ちる。それを取ろうとして俯くと、鳩が一羽足元を横切って左の方のベンチの下に消えていった。待っている人は少ない。

大分駅は九時五十六分発である。由布院駅に十時五十六分に着く。その間十二駅を丁度一時間かけて走る。

計画を立てる時に、ＪＲ時刻表と地図を見ながら、何処をどのように走り、目的地にはどの駅で降りれば一番近いのかを調べた。このとき久大本線という線路名を初めて知った。福岡県久留米市から大分県大分市を繋いでいる。だから「久大本線」というらしい。途中に観光地で有名な湯布院町、日田市がある。総延長一四一・五キロだが、自分の乗る区間は大分駅から日田駅までの九三・九キロである。

別府駅から大分駅までは満員なので立っていた。大分駅から座席にかけることができた。湯布院駅まではかなり距離があるので、落ち着いて座席にかけられる。

どれだけ駅に停まったのか知らないが、前を見ると、大分駅では見えなかったのに、斜め前の席に若い女性が二人腰掛けている。一人は写真集を見つめている。窓際の一人は手鏡を見ながら化粧を直していた。これを見ていると格別目新しいことではないのに、なにやら新鮮な気持ちになり、自分は文庫本を読み始めた。

到着するまでに、目の前から数人が降りてまた数人が乗って来た。先ほどの二人の女性も知らない間に消えていた。

由布院駅には定時に着いた。ここで特急に乗り換えるのだが、待ち時間を長くとったので一時間ある。ここには、今までに来たことがあるけれども団体バスばかりだった。ＪＲ駅前に来たのはこれが初めてだ。一度駅を出て街中を歩いて見ることにした。

駅前広場には観光用の馬車がゆっくりと歩いている。外国の紀行番組で見たことのある風景だ。ここまで真似なければならないのかという気はするが、見れば結構満員である。

土産物売り場で、これから乗る予定の「観光列車・ゆふいんの森号」の印刷されているポストカードを二枚買った。一枚は我が家に遊びに来ている二歳の初孫宛に送った。彼は汽車が大好きである。残りは記念に手元に置くことにした。

十二時丁度に湯布院駅を出発した。中は観光列車と言うだけあってさすがに乗り心地がいい。内装が木製のせいか落ち着きを感じる。乗務員も女性で、制服にネッカチーフがよく似合う。しばらく走ると速度に慣れてきた。バッグの中から文庫本をとりだして読み始めた。集中していたのでどのあたりを走っているのかわからない。突然女の声で車内放送があり、

「行き違い列車待ちのため停車いたします」と言う。観光列車が列車待ちをするのが面白い。外を見ると奥深い山の中である。駅には人影もない。駅名を見ると「野矢」とある。窓から見える限りでは人家が無い。ホームの端に標高五四三Mと書いた白い杭が打ってある。その杭の近くまで伸びてきた葛の葉の近くで蹲っていた蟋蟀が、停まった列車の音に驚いたのか、慌てて葉の下に隠れた。

三分ほどで動き出した。

日田駅には十二時五十五分に着いた。駅前には、江戸時代を思わせる木造の屋根付き灯籠が設けられている。白い四角の四面には、「日田温泉」「天領・ひた」などと書かれた肉太の文字が目立つ。広場を通り抜けた所に市営のバスセンターがあり、中の広い待合室には十人ほどの老人が腰掛けている。バスに乗るのは、自動車が運転できない老人ばかりのようだ。こんな現象は何も日田市に限ったことでは無い。自分が病院に行くのにも、バスの利用者は老人ばかりである。

壁に取り付けてある時刻表を見る。「皿山行」は十三時二十六分である。腰掛けてぼんやりと窓の向こうを眺めていた。街中の景色は何処も同じようなものだ。

皿山行きのバスが来た。少し小型である。ということは皿山は道が狭いのだろう。街中を過ぎたあたりから坂道になってきた。鬱蒼と茂った杉林の中に入ると、やはり道路が狭く急カーブが多い。所どころに人家がある。

約四十分で目的地の皿山、「小鹿田の里」に着いた。

山峡の小川沿いに、ひっそりと十軒ほどの民家がひとかたまりに集まっている。その中の急傾斜の狭い道を、バスがゆっくり登りつめると終点である。

予約していた民宿は、集落の一番下にある。急な坂道を歩いて逆戻りする。宿に入ると、おばあさんが出て来た。お世話になる旨の挨拶を済ますと荷物を置いて、急いでまた坂道を上り、道沿いの窯元に向かった。集落がこじんまりとまとまっているので、窯元を歩くのは楽である。どの家も玄関の横が売店になっている。しかし人の姿はなく、品物がただ無造作に並べられているだけだ。

この里で造られる「小鹿田焼」は全て日用雑器類である。それも造り方がどこか雑に見える。しかし釉薬の色合いが絶妙に美しい。毎日使うには惜しい気がする。

見て歩くにはあまりにも数が多すぎる。少し疲労を感じだした。

早朝から、船、気車、バスと乗り継いでの慣れない、しかも八時間を超す長旅だった。そのうえ立っていたので膝、腰が痺れだし、いつものように意識が朦朧としてきた。一休みしなければこれ以上立っていられない。

幸いなことに休憩場所が見つかった。少し上ると小さな広場がある。川端に一メートルほどに切った杉の丸太が二本立ててある。腰掛け用に置いてあるらしい。そこで痺れのとれるのを待つことにした。

水の流れる音がする。下を見ると幅二、三メートルほどの小川である。斜め向こう岸の建物には、三基の「唐臼」が動いていた。ザーという大きな水音は、杵の端に溜まった水が流れ落ちる音で、庭園によくある「ししおどし」を大きくした型だ。松の木だと思われる大きな木の端に穴を刳り抜き、そこへ小川からひいて来た水を溜めて、その重みで杵が上がる。臼の中には、この山で採取した陶土が入っている。特徴のある黄色い土だ。水の音が終わると杵が落ちる。臼の中で土がわずかに動く。

「唐臼」の動きをしばらく見ていると、視界がおもむろに揺らぎ始め、意識はおのずから水音だけの世界に入ってゆく。

自分は遠くの地から、どんな理由があってここまで来たのだろう。この地は自分にとってどれほどの意味があるのだろう。なぜ「小鹿田焼」なのか。今まで考えてみなかった自分の此処に至る過去の中味を整理しよう思った。

あれは四十年ほど前、成人式を済ませたばかりの頃だった。職場の慰安旅行があり、一泊二日の日程で別府へ行くことになった。自分には初めての経験だった。

翌日、予定の日程を終え、乗船前に全員で土産物店に入った。特に買いたい物がなかったので、いろんな特産品を見ていると、焼き物の並べてある棚があった。更に奥へ進むと湯呑ばかりのコーナーになっていて、丁度目の高さの棚があり、その一番窓際に並べられた小振りの湯呑が目を引いた。釉薬を流しているだけなのに、数種類の色が複雑に絡み合っている。まるで吸い寄せられるように手を伸ばした。

手に持ってよく見ると、全体的に青みがかっている。口の方は単色なのに、腰にゆくにしたがって釉薬の濃淡がはっきり見える。腰のあたりが少しふくらみをもっており、釉薬は高台の手前で流れが止まっている。その止まり具合が絶妙だ。高台の周りを見ると、「小鹿田」と刻印がある。当時の私は焼き物についてほとんど知識を持っていなかった。読み方がわからない。でも別府で売られているのだから、九州のしかも、別府からそれほど離れていない場所で創られているのだろうと、軽い気持ちで買うことにした。

翌朝、別府で買った湯呑を職場に持って行き、今までの古い湯飲みと取り替えた。

毎日両手で弄びながら、不思議な釉薬の光沢を眺めていた。そして、腰にある「小鹿田」の文字を見つめた。美しい釉薬の色はさることながら、日が経つにつれてこの三文字が気になりだした。何と読むのか職場の人に訊いてみたが誰も知らない。毎日見つめるのだから、色や文字も頭の中に刷り込まれてしまう。

そんな日が二年あまり続いたある朝、その日の当番の人から、「洗っていたら割れてしまった」と言いながら、代用の湯飲みを渡された。

その日の夕方、近くの陶器店に行ったが、「小鹿田」の文字の湯飲みは無かった。美しいものを見ていたら、粗末な物がすぐにわかる。ありふれた物ばかりである。しかたがないので、有田焼の少し大きめのものを選び、翌日当番の人に渡した。

それから十年あまり過ぎた頃だった。ある雑誌を読んでいたら、「小鹿田」の文字に出会った。ルビが付いていて、この文字を「おんた」と読むのだと初めて知った。すると、むかし別府で買ったあの湯呑のことを思い出した。

「小鹿田焼」のことが大まかに書かれていた。どこでどのように創られているのかようやくわかった。

焼き物の民芸品では代表的なものであること、その場所が日田市の山奥にあること。昭和の初め、柳宗悦が初めてこの焼き物を見たときあまりの美しさに驚き、この窯場を訪ね、「民藝」誌上に発表し世に知らしめたことなど、興味のある新しいことが次々と出ていた。これをきっかけに焼き物に惹かれ始めた。

あるとき上京する機会があったので、ガイドブックに載っていた新宿の民芸店に寄った。あまり大きくない店舗に「小鹿田焼」がところ狭しと並べてあった。品物を見ていると、漠然とではあるが、この焼き物を創り出す窯場とはいったいどんな所なのだろう。写真では解らない土地の風情を知りたいと思うようになった。

陶芸に興味を持った切っ掛けは、一個の「湯呑」である。焼き物の美に感動はしたが、その時の仕事を捨てて陶芸の道に入るまでには至らなかった。だからといって美を語る資格がないとは言えないだろう。

陶芸だけの「美」から離れて、美学の専門家の論文を読んだ。しかし「美とはこれである」という明確な回答は得られなかった。とすれば、「美」とは一体何なのか。「美」など存在しないのではなかろうか。

それでも、数十年間「美とは何か」を探し続けた。が、やはり見つけることができなかった。結局、美しい絵画、美しい音楽等、個々の芸術は存在するけれども、芸術一般の「美」があるのではないことが、おぼろげながらわかってきた。美しい焼き物は存在するが、焼き物の「美」があるのではない。「美」は形而上の世界に存在しているのではなく、実在しているものの中にあるのだ。

とすれば、「美しきもの」にはどれほどの力があるのだろう。

あるとき、著名な政治学者が、若い頃見たその一枚の絵画から、「人生の進むべき道を教えられた」と、テレビ番組で語っていた。

人は、眼前の絵画を観て感動する。何によって感動するのか。それは、その人の持っている感性である。感性は人によって度合いが異なるから、心に強い衝撃を受けた人もあれば、弱いまま終わる人もある。その刺激の度合いによって、「美」は、見た人の心の襞に食い込んで、人生に影響を及ぼしてくる場合があるのだ。

世の中は時代とともに変わってゆく。この江戸時代から続いている「小鹿田の里」にしても、当初と現在では生活様式が激変している。にもかかわらず、ここには変わらないなにものかがある。

「唐臼」は同じリズムを繰り返している。この地に窯が開かれて以来およそ二百年間、水量の増減による違いを除けば、同じリズムが繰り返されているはずだ。あるとすれば、自然の水の流れを利用したあの「唐臼」の動くリズムと、「小鹿田焼」独特の昔ながらの技法だけだ。それに焼成方法も、効率の悪い登り窯が使われている。

この地に来て唐臼を眺めていると、今まで見えなかったものが見えるような気がした。おそらく、「小鹿田焼」の一個の湯呑に出会わなかったら、私の美意識は、眠ったままで今日に至ったかもしれない。

体調に不安を抱えながらも、思い切ってこの場所に来たことは、無意味ではなかった。

民宿「山のそば茶屋」に帰った。

おばあさんが出てきた。ふっくらとしたきもちのよい雰囲気の人である。なぜか他人とは思えない気がした。どうやらこの人が売店と宿泊を切り盛りしているらしい。

部屋に案内されるとき、食堂の窓際の畳の上で三人が真剣な表情で話あっていた。一人は地元の若い人で、後の二人は女性とカメラを持った男性である。どこかの雑誌社の取材だとおばあさんが言っていた。

部屋は八畳の間である。「障子張り器用な夫は急に逝く」と書いた俳句が、短冊になって柱に掛けてある。また別の柱には「病には負けぬ気構え夏に入る」という句もある。彼女は俳句をしているのだという。

深夜になると、昼はさほど感じなかったが、さすがに「唐臼」から落ちる水の音が耳に付いて寝付けない。

「先日の雨で小川の水が増えました。普通のときは水の音が気持ちいいのですが、今夜はうるさいでしょう」

とおばあさんが言っていた。小川が民宿を取り囲むように曲がり、一番道路に近い場所の橋を渡ると入り口になっている。窓からは、上の方の左側の建物に唐臼が二基、大きな水音をたてながら競うように同じリズムで動いていた。

翌日の午後、集落の一番高い所にある、「日田市立小鹿田焼陶芸館」の前にきた。誰でも自由に入ることができるらしい。江戸時代の名残を思わせる白壁造りの二階建てである。広場には白い自家用車が一台駐まっていた。

ガラスで囲まれた展示棚には、歴代の名作が展示されている。小鹿田焼独特の技法が一覧できる。伝統的なものは釉薬の「流し掛け」、器を回しながら刷毛目を付けてゆく「打ち刷毛目」、大正末期から昭和初期に始まったとされる「飛び鉋」などの大壺や大皿などである。

なかでも目立つのは、イギリスの陶芸家「バーナード・リーチ」の鹿文大皿だ。小鹿田焼には珍しく絵付けをしているのでよけいに目立つ。彼は昭和三十九年、二度目の来訪で、小鹿田に三週間滞在し作陶したという。そのときの作品である。

「陶芸館」から帰ると、宿の食堂で休んでいた。すると「食料品出張販売」の軽トラックが来た。山の中なので定期的に生活必需品を売りに来るらしい。すぐにおばあさんが出ていろいろ買っていたが、食堂に戻ると、

「あなたのパンを買ったので食べなさい」

と、二個渡してくれた。まるで身内のような雰囲気を持った珍しい人である。

夕食をしているとき、床に右足を伸ばして座っていたのを見て、

「あなたも足がお悪いんですか。私も膝が痛いのです。子宮ガンの後遺症です。今年で七十二

歳になります。」

と言う。店に置いてある売り物の「日田産・お茶」を一袋買うと、サービスだと言ってカリントウを一袋くれた。

「昔は大勢の人が来ていました。今はずっと少なくなりました」

と、淋しそうに言った。

夕食が済んで八時頃風呂に入った。民宿だから普通の家庭の風呂と同じだ。風呂から出て部屋で足を伸ばしていると、九時頃におばあさんが入ってきた。手には五寸ものの皿を一枚持っている。釉薬が黄色味を帯びた「飛び鉋」の技法でできている。

「あなたがこの店に入られたとき、普通のお方ではないと思いました。みんなにおあげしているわけではありませんが、私が気にいった人にだけ、おあげしています」

と言いながら渡してくれた。なにか他人ではないような感じをしていたのは、おばあさんに気にいられていたからであった。

自分がこの店に入ったときどのようなことを言ったのかよく覚えていない。疲れていたし、早く焼き物を見たかったので、少し焦っていた。たしか、「予約していた○○ですが、やっと来ました。四十二年かかりました」と言ったことだけは覚えている。それが印象に残っていたのかもしれない。事実、初めて小鹿田焼の「湯呑み」を見てから、それだけの年月が経っていたのである。

おばあさんが部屋を出たあと、自分は宿帳を兼ねた大学ノートに、ここに来るまでに至った次第と、この里が現状のまま将来も続くことを希望し、少し感傷的と思われるかもしれないが、これで「肩の荷が一つ下りた」と書き添えた。


床に入ってから、様々なことが頭に浮かんで来た。

まことに小さな山里が、昔のままの状態で今なお生き続けていること自体が奇跡のような気がした。柳宗悦がこの地の「焼き物」を全国に紹介しなければ、はたして変わることなく続いていただろうか。

国は、平成七年に「小鹿田焼技術保存会」を団体で重要無形文化財に指定した。個人であれば人間国宝と呼ばれるものだ。全国で団体の指定はこのほかにも二つあるけれども、小鹿田焼は純然たる民窯であり陶器である。それに日用雑器ばかりである。

いかに国がお墨付きを与えても、今までがそうだったように、一般の人々に愛され、使用されなければ、この焼き物の桃源郷のような山里が、いつまでも変わらないという保証はないだろう。

民陶のある作家が、「小鹿田焼」のことを、「もう少しなんとかならないですかね」

と言ったのを聞いたことがある。それは、技法が昔と変わらないことを指しているように感じられた。しかし、やはり「小鹿田焼」は、国が指定するときの条件の一つにしたように、「変わらないからこそ価値がある」ということもあっていいのではないかと思う。

翌朝九時、おばあさんが手配してくれたタクシーに乗った。運転手は中年の女性だった。坂道を登り始めた。できることなら、生きているうちにもう一度この里に来てみたいと思った。後ろを見ると、店先では、おばあさんとお嫁さんが、こちらを見て笑顔で見送っていた。

小鹿田焼

中岡一茂先生

プロローグ

愛媛県は、昭和五十四年七月七日「愛媛県史編さん条例」を公布した。そしてその年の九月一日に「愛媛県史編さん委員会」を設置した。この委員会は、昭和五十六年度から順次刊行を開始し、完成したのは平成元年二月二十八日である。各巻平均千二百頁に及び、全四十巻の膨大な内容であった。

全四十巻の内、「資料編」が十四巻ある。その内の「資料編（文学）」は、昭和五十七年三月に刊行された。この巻の一〇一五頁上段に中岡先生に関する記述がある。全文は次のとおりである。

『中岡一茂《なかおかかずしげ》（児童文学）大正一四〜昭和五一（一九二五〜一九七六）。西宇和郡保内町。愛

媛師範卒。県内及び東京で小中学校教員。昭和二一年財津静雲と「つぼみ児童文化研究会を結成、口演童話・人形劇・児童劇など地方の児童文化向上に幅広く活動。在京中は芝田圭一・栗原一登に師事し演劇を研究。学校教育、地域文化の中に演劇を定着させようと努力した。台本「由良の岬」、脚色「コタンの口笛」など。』

第一幕　出会い

中学一年の頃である。国語の担任の先生が病気で休まれたことがあった。自習になると内心喜んでいたところ、代わりの先生が来るという。誰かと思っていたら中岡先生であった。先生は、人並み外れて長身だった。心もち頭を下げて教室に入られた。

自分の学んだ小学校は、日土中学校から歩いて一時間近くの山奥にあったから、六年の中ごろになると、ぼつぼつと中学校の先生の噂が話題になり始める。先輩たちの話を聞いた同級生が得意げに話すのである。

中学校には「二人の『要注意』の先生がいる。悪いことをすれば必ずこの先生に叱られる。だから気をつけろ」という。その二人の先生のうちのひとりは四月に他の学校に替わられていた。もう一人の先生が中岡一茂先生だった。

先生は国語と図工の担当だった。一年生の国語は別の先生だったので、教室で教えてもらうのはその日が初めてである。

教室に入って教壇に上がられた。長身のうえに教壇の高さが加わっているから、いつもの先生より顔をさらに上げなければならない。初めての先生の場合は特に緊張するものだが、「恐い先生」の先入観があるのでさらに緊張した。

先生は持って来た教科書を閉じたまま教壇の左端に置き、生徒をひととおり見終わると、歯切れのよい言葉で、

「私は、教科書は参考書だと思っています」と言われた。教科書が参考書とはどういう意味なのか、当時の私には解らなかった。

授業が始まった。言葉が普通の先生とは明らかに違う。声がよくとおる。それに普通の会話の言葉ではない。どうしてこのような言葉が出てくるのか不思議だった

教科書を見ないで授業をされるのだから、新しい言葉が次々と出てくる。おもしろい。やがて「宮沢賢治」の『雨ニモマケズ』の詩の朗読が始まった。朗読といっても教科書を読むのではない。先生の言葉は流れるように聞こえてくる。行間の間合いとか抑揚が巧みで音楽

を聴いている感じがする。詩にはリズムがあることを知ったのはこのときであった。

次は「種田山頭火」の俳句である。「鉄鉢の中へも霰」。これは季語があるけれども、「わかれてきた道がまっすぐ」など、季語のない俳句を他にも二つ三つ教えてもらった。当時は、俳句は必ず「季語」が入るものと思っていた。なぜ先生が「季語」無しの俳句を教えられたのかわからない。

山頭火は、全国を旅しながら愛媛にも来た。人生の最後を感じたとき同人のいる松山市に来て、高橋一洵や大山澄太等に世話になりながら「一草庵」で暮らした。そしてそこで亡くなった。

俳句には、伝統的な「季語」入りの俳句だけでなく、「季語」の無い俳句もあるのだということと、正岡子規や高浜虚子だけでなく、「種田山頭火」も、愛媛とゆかりのある俳人であることを知って欲しかったのかもしれない。

当時は小学校や中学校でも演劇の発表会が行われていたが、クラス毎の劇が完成に近づくと、中岡先生の指導を受けていた。先生が東京へ演劇の勉強に行かれていたのを知ったのはこの頃である。

あるとき講堂で、先生の演出した『コタンの口笛』という演劇の公演があった。日土の了月院に本拠を置いて活動していた「つぼみ児童文化研究会」の会員が出演していた。おそらく自分が新劇を観た初めての経験だったろう。

山奥で何も知らずに育った私は、先生に出会って、初めて文学、美術等の、芸術一般の美的感性が覚醒したような気がする。

特に文学には興味があった。小説や詩で教科書に出ている部分は、ほとんど暗記した。

第二幕　再会

子どもの頃から身体が弱かったから、できるだけ地元で働きたいと思っていた。就職先が決まると、市街地で職場にできるだけ近いところに下宿を探した。職場の人の口利きですぐに見つかった。場所は大平地区の海岸近くで、以前トロール船を持っていた旧家が、敷地の一部を、木造二階建のアパートに改築したものだった。自分は、二階の奥の部屋を借りることにした。朝夕二食付きで、部屋の広さは四畳ほどで長方形になっていた。座卓とステレオを置き、蔵書を積み上げたら、残りの広さで丁度よかった。別室には、既に二人が入居していた。

ここが二十二歳頃から二十六歳頃までの自分の活動拠点となった。友人たちと同人誌「詩奴」

で詩を発表したりしていたが、演劇にも興味があった。

先生との再会は、その下宿時代である。

前後するけれども、二十二歳の時、ふとしたことから新劇を観る機会があった。山本安英の会の「夕鶴」が、松山市民会館で公演されるというのである。当時の私は演劇について全く無知だった。主役である「つう」の役の「山本安英」を何と読むのかさえ知らなかった。それにこの人は男なのか女なのか。教科書には写真入りで出ているから分かるはずだと笑われそうだが、その程度のことだった。そこで舞台で本物を見れば声で判別がつくと思った。ところが、声がまた中性的な澄んだ声だった。結局その時は判別できなかった。その後いろいろ資料などを調べてゆくうちに、「安英」を「やすえ」と読むのだとようやく分かった。それが「夕鶴」との出会いである。

本物を見て、衝撃を受けた。あらゆる優れた芸術には、単に美の対象として存在しているのではなく、対峙する者の心の内面に食い込んで、人生を変えるほどの力がある。たしかにそのとおりで、「夕鶴」を観た時以来、自分の生活に変化が起き始めた。

クラシック音楽が好きなので、レコード店に無いときは音楽雑誌を見て注文していた。新劇の「夕鶴」を観てしばらくたった頃、團伊玖磨作曲の「オペラ『夕鶴』」が東芝レコードから発売されていることを知った。レコード店から注文の盤が届いたとの連絡がはいると急いで受け取りに行った。

これを毎日聴いていた。たしかにセリフが全部原作どおりである。あまりもプッチーニ的との評があったらしいが、日本の田舎を思わせる叙情豊かな曲調である。原作のイメージをそのまま音楽にした感じであった。

クラシック音楽だけでなく、レコードで詩の「朗読」を聴くのが唯一の楽しみとなった。

そんな日が続いていたある日、職場に先生から電話があった。

通常であれば、生徒が先生の方に訪ねて行って教えを請うのが筋である。ところが先生は逆だった。先生から電話があった時、自分の下宿先を言ったら、数日後に下宿に訪ねて来られたのである。

先生は月に一、二度来られた。私は相変わらず一人でレコードや読書でその日を過ごしていた。

その頃は、「本を捨てて外に出よう」という言葉が若者の間に流行していた。国際的にはベトナム戦争が続いていた。若い者が、毎日一人で音楽や詩の朗読を聴いているようでは将来性は薄い。先生にとっては、そんな私の姿が物足りなく思われていたのかもしれない。

玄関を入るとすぐ正面に階段がある。

二階の一番奥から二番目が私の部屋だった。　先生が来られた時はすぐにわかった。階段を上がりながら大きな声で、「おい、中田、おるか」と言われる。私は、「はーい」と返事をしながらドアのところまでゆく。すると、先生は既にドアを開けて頭を下げている。下げなければ頭が鴨居にぶつかるからだ。

「毎日一人で何をしている」

「はあ、レコードばかり聴いています」

「どんなやつだ」

「詩の朗読です」

「ちょっと聴かせてくれ」

私は「智恵子抄」を出して、ＬＰ盤の上に針を降ろした。

「加藤剛の朗読です」

先生はしばらく聴いておられたが、

「うん、これはすばらしい」

と、うつむいたままで言われた。

先生と私の個人的な関係は、このようにして始まった。

あるとき、先生が下宿に来られて、

「出石の青年団が指導をしてくれと言ってきたから、おまえも一緒に行こう」

と言われた。

「出石というと、大洲の向こうの出石駅のあるところですか」

と訊いた。先生は、

「そうだ。全国大会に出るらしい。」

あまりにも急なことだったが、すぐに出かける準備をして外に出た。玄関前に置いてある先生のオートバイの後ろに跨ると、八幡浜駅に向かった。駅からは汽車に乗る。当時はまだ国鉄と言っていたころで、たしか内子線は開通していなかった。各駅停車で出石駅に到着すると、団長が迎えに来ていた。既にあたりは暗くなっていた。どこを通って行ったのかわからない。練習場は近くの公民館らしかった。中に入ると座る場所ができていて、一升瓶と湯飲みが置いてある。天ぷらもあった。先生が酒好きであることを知ってしていたのだろう。

練習していたのは「長浜豊年踊り」であった。農作業をいろんな踊りで表現している。傘をくるくる廻したり、人が数人で脱穀機の形をしたりとおもしろい踊りだ。昔から伝承されている踊りなので、それだけで作品になっているから格別変えるところはない。それでも東京の舞台で演じるのだから、舞台経験の豊富な先生の指導を得たいのだろう。

先生は、酒を飲みながらあれこれと注意されていた。自分は何も分からないし酒もあまり飲めない。天ぷらを食べながら、湯飲みに入れてあった酒をちびりちびり嘗めながら、指導が終わるのを待っていた。

あとで知ったところによると、この踊りは、「伊予長浜豊年踊り」として、大洲市の無形文化財に指定されていた。

当時は、松山に「労演」という演劇鑑賞団体があった。

杉村春子が松山市民会館に来て、「欲望という名の電車」を公演するというので、先生と一緒に行った。先生は蜜柑箱を一つ持っていた。舞台が終わると、蜜柑箱を担いで、楽屋にいる杉村春子を訪ねた。東京で知己の間柄になっていたのだろう、気持ちよく挨拶を交わされていた。自分は、大女優の傍にいるだけで大いに感激していた。

帰りの汽車の中で、小さなウィスキーの瓶をポケットから出して飲みながら、先生が東京で演劇の勉強をされていた頃、栗原一登（女優・栗原小巻の父親）を訪ねて行ったときのことなど、懐かしげに話された。

松山公演で先生の知った役者のいる劇団が来ると、必ず一緒に観に行った。たしか「劇団東芸」だったと記憶しているが、休憩中に二人で楽屋に入った。先生の訪ねて行った人は、鏡に向かって化粧をしていたが、その手を休めて、「この舞台では、○○の役をもらいました」などと、東京でのことを交えながら懐かしげに話されていた。

他の団員を見ると、次の幕の準備が済んだのか、ひとりで横文字の本を大きな声で読んでいた。先生に訊いてもらうと、ドイツ語の勉強をしているのだとのことだった。そういえば、俳優座の演出家千田之也が、スタニスラフスキー著のドイツ語版から日本語訳して、「俳優の仕事」全六冊が書店に並んでいたのもこの頃である。

私は、まだ「つぼみ会」にゆくようになって日が浅かったので、会員全部の名前さえ知らなかった。

ある日、先生から電話があった。

「愛媛の日教組の集会が八幡浜である。その前夜祭に、「つぼみ会」と先生たちとで演劇をするから、今夜、万松寺に集まってくれ」

と言われた。

関係者がお寺に集まった。

小中学校の先生が数人おられたけれども、それは裏方の手伝いで、出演は「つぼみ会」の会員である。

当時八幡浜には日教組の先生が数人おられた。中岡先生はその内の一人だった。

先生が創られた台本が渡された。表紙には「構成詩劇・日本の教師のうたえる」となっていた。プロローグ、老いたる地球よ・第一部、しあわせは足元から—教師の記録より—・第二部、沖縄の子どもは叫んでいる—沖縄の子どもの作品集より—・エピローグ、先生、子どもにほんとうのことを教えてください—日教組熊本大会より—、の順になっていた。

練習を始めた頃は万松寺が多かったが、発表会が近づくと、労働会館、了月院と場所が変わった。発表会の会場は、まだ市民会館ができていなかったので、松陰小学校の講堂である。

自分の役は、エピローグで、舞台中央にただひとり立って、戦時中の想い出を、ぼそぼそと呟くように語りかけるのである。「少し白髪交じりの、五十歳で小学校しかでていないとうふ屋さん」の役であった。二十四、五歳の素人が、五十歳の男を演じることができるだろうか。動きが一つもない。そのうえセリフが長い。声が大きすぎると雰囲気が壊れる。小さすぎると会場の後ろの方まで届かない。発声練習から始めた。

発表会が近づくと、小さなピンク色の用紙を二つ折りにしたプログラムが配布された。表には、十一月二十九日よる七時より・松陰小学校講堂・「市民に送る夕」—子どもひとりひとりのしあわせを守るために―、とある。

内側には、◎第一部　演劇・コーラスの部、◎第二部　郷土芸能・舞踊の部、となっていた。

開催された年は記載されていないが、市民会館が運用を開始したのが昭和四十六年五月だから、それより一、二年前である。

発表会は好評だった。講堂は広い。自分の声が気になっていたが、後席の人にもよく聞こえたらしいと、後で先生が教えてくれた。


先生の行動範囲は広く、知己も多かった。

当時の八幡浜には、大平地区に「酒六」の織布工場があり、若い女工さんたちが大勢働いていた。あるとき先生が、

「酒六の女工さんたちが構成詩劇をやることになった。一緒に行こう」

と言われた。最初に集まった場所の記憶が定かでない。たしか労働会館だったような気がする。若い女工さんたちには、Hさんと Yさんという三十代くらいの二人の先輩がいた。この二人は筋金入りの組合員で、大勢の女工さんたちをしきっているようだった。出演する人は、二十歳前後の八人である。台本は先生が作られていた。表紙には「酒六労働組合婦人部・機関紙・『糸』より・構成詩劇『糸くずの中の青春』・プロローグ、青春の息吹・第一部、恋・第二

部、悲哀・第三部、仕事、仲間・エピローグ、幸せの唄」となっていた。

演出内容は、先生から説明があった。音楽に合わせて、女工さんたちが作った詩を、別の人が交互に舞台に出て、スポットの中で朗読するのである。

機関紙に掲載されただけあって、すばらしい詩だった。思春期独特の揺れ動く女性の心理、仕事の悩みや不安が素直に表現されていた。

自分は演出助手であった。

後日配布されたプログラムには、主催が「愛媛地評青年婦人部」で、「第一回・春闘勝利・愛媛うたごえ祭典」の集会の中で上演することになっていた。

日時は一九七〇年四月一二日、場所は、松山堀之内・歯科医師会館ホールである。

「糸くずの中の青春は」、第二部の七番目になっていた。

松山での上演は評判がよかった。これで酒六との関わりは終わるはずだった。ところが、しばらくして、先生から、

「もう一度同じものを高松の会場で上演することになった。労働組合の四国大会が高松であるから、そのアトラクションとして上演するらしい。私は参加できないから、中田が舞台監督としてみんなと一緒に行ってくれ」

と言われた。

突然のことで不安が無いではなかったが、なんとかなるだろうと気軽に承諾した。

高松の会場は広かった。四国全体の労働組合から来ているのだから弁舌巧みな人たちばかりである。自分もみんなと後ろの方で座っていた。議事が進んでゆく。コの字型になっている会場の真向こうに突然挙手をして若い男が立ちあがり、大きな声で演説を始めた。左手を後ろに回し、右手を挙げて朗々としゃべり続ける。なかなか終わらない。すごい人がいるものだと感心した。大学の弁論部にでも所属していたのかもしれない。

予定の議事が終わり、いよいよ自分たちの出番になった。舞台の下見もしていないから、ぶっつけ本番である。それでも出演する女性たちは実に落ち着いていた。その反対に、自分はレコードをかけたり、舞台に出るタイミングを指示したりと、かなり緊張の連続だった。

終わると大きな拍手が起こった。無事終わったのだ。

高松まで遠征することになろうとは、練習を始めたときには予想だにしなかった。新しい経験ができた。

昭和四十五年ごろだった。先生に誘われるままに、お寺で行われる「つぼみ会」に参加していた。活動内容が少し分かってきた頃である。

先生が下宿に来られたとき思い切って話した。

「先生、了月院に下宿したいのですが、和尚さんにお願いしてもらえませんか。食事は外で済ましますので、寝泊まりだけでいいんですが」

と言った。先生は意外な言葉に私の顔をじっと見つめておられたが、しばらくして、

「そうか、和尚さんにお願いしてみよう」

と、にこやかな顔で言われた。

お寺に通い始めてまだ年が経っていない。断られるのは覚悟していた。しかしこちらの意に反して、先生の反応はよかった。

第三幕　了月院

お寺に下宿したいとお願いしてから二、三週間くらい経ったころ、先生が下宿に来られた。

「和尚さんにお願いしたら、一度会ってからにしようと言われるので、これからお寺へ行こう」

と言われた。早速先生のオートバイでお寺に向かった。

部屋に入ると和尚さんが座っておられた。その時の雰囲気が今でも忘れられない。ただ座っておられるだけなのに、まるで大きな岩がそこに置いてあるような感じである。世間のことを何も知らない中途半端な自分があまりにも小さく感じられた。独楽は、廻っている時は動いているよ

うに見えない。軽い小さな物を当てると弾きとばされる。「つぼみ会」でお寺に通っていたときの感じと全く違う。うかつなことは言えない気がして、ただじっと堅くなって座っていた。

和尚さんが、

「どうしてここに下宿したくなったのか」

と訊かれた。しかし、あまりにも緊張していたので何を話したのか覚えていない。和尚さんは、先生とあれこれ話されていたが、

「本堂の端に三畳ほどの部屋がある。昔、野口雨情が泊まったところだ。隣にトイレもある」

と言って、先生と一緒に案内してもらった。

面接試験に合格したのである。部屋は、少し暗い感じがしたけれども自分には満足だった。ステレオ、それに本を積み上げると布団を敷くスペースはあった。

後日荷物を運び終えて一休みしていると、和尚さんが部屋に来られた。部屋の中の荷物を見て、

「人間だけかと思ったら、なんと荷物が多いのう」

と言われた。荷物といってもステレオ、本と布団だけである。お金は貯まらないのに本だけは増えてゆく。引っ越しをするのに、本を運ぶのが難儀だった。

お寺で下宿するのが夢だった。それがようやく実現した。

つぼみ会の活動の中で不思議な行事があった。「人形劇団プーク」との交流である。この劇団は東京にある専門の人形劇団で、日本で最初に常設の「人形劇場」を建設した劇団である。昭和五十九年に発行された「現代人形劇創造の半世紀・人形劇団プークの五五年の歩み」（未来社刊）に目をとおすと、始めに「昭和四年に産声をあげた。」と書かれている。いかに歴史が古いかが分かる。交流が始まったのは、終戦直後に「プーク」が八幡浜で公演をしたとき、和尚さんと中岡先生がそれを観て感激したのが初めてらしい。昔の会員から聞いたところでは、お寺の前の田んぼの中で、プークの人たちと田植えをしたということであった。

私がプーク人形劇団に初めて出会ったのは、市民会館が完成する一、二年前だから、昭和四十四、五年のはずだ。その時には松陰小学校の講堂が会場であった。演目は「のろまなローラーくん」と、もう一作品あった。

舞台監督があれこれ指示しているとき、何だったか足りないものができたと言うので、文房具店にそれを買いに走った記憶がある。

市民会館が完成してからは、毎年八幡浜公演があった。主催は「つぼみ会」である。制作部の土屋友吉さんが先乗りとしてこちらに来て、会場や日程を先生と決めるのである。私はいつもその席にいた。だからプーク公演の方法は自然と身についた。

いよいよ実施が決まるとチラシや入場券を作成する。当時は、金額に係わらず入場税が課せられていた。税務署に行って一枚ずつ検印を押さなければならない。これが面倒な作業だった。

公演が済むと、お寺の本堂の広間で、「つぼみ会」の全員と劇団員全員が交流会をする。劇団員たちは「じゃこ天」が好きだった。この「じゃこ天」（当時はたしか「天ぷら」と言っていた）を買いに行くのは私の役目だった。劇団員は「大班」だったので二十人近くいたと思う。

宿泊は、ほとんど広瀬にある労働福祉会館だった。

「プーク」というのは、『LA PUPA KLUBO』というエスペラント語の略語である。

「人形クラブ」という意味らしい。

「つぼみ会」の手伝いをするようになった初めの頃、この「プーク」の入場券を自分の職場で中年の人に売ろうとしたら、

「プークと言うのは、普通名詞ですか、それとも固有名詞ですか」

と訊かれてたじろいだ事がある。その人は、大学出で教職を経験したことのある知識人だった。その人がこんな奇妙な質問をするくらいだから、八幡浜ではまだ一般には馴染みのない劇団だった。普通の劇団ではなく人形劇団だったからだろう。

以後「プーク」とは、年に一度の出会いだったが、昭和六十年頃まで続いた。

お寺にお世話になった頃は、市民会館が完成して、私がそこの事務職兼舞台照明係をしてい

た。運営を始めた頃は、今まで大きな会場が無かったせいか、各種団体の四国大会とか、大きな演劇の公演が行われていた。

「前進座」の『親鸞』をはじめとして『出雲の阿国』など、他の劇団としては「新制作座」「わらび座」その他いろんな劇団がきた。

市民会館大ホールの行事は、土曜日の午後、日曜日、祝日、時間帯としては夜が多かった。会館の職員は局長を除くと、冷暖房関係の電気技術者と事務系の自分と二人だけだった。プロの歌謡ショーなどは、専属のスタッフを連れて来ることがあったが、それでも経費を抑えるために舞台関係のスタッフがいないこともある。また、市内のグループが発表会をするときには、当然スタッフが足りないので、先生の他に日大声楽科を卒業し、向灘で蜜柑つくりをしているIさんと、浜田町で電気店を経営しているTさんに手伝ってもらった。「日本舞踊の『板東流・藤間流・花柳流』」、「今村バレエ教室発表会」、「音楽愛好会のバンド演奏会」、「箏曲の発表会」などなど、数えればきりがない。先生は舞台美術が専門だった関係で、舞台係を担当してもらった。照明が私とTさん、音響が職員の技術者とIさんが組になっていた。

先生は、本業の授業が終わると、市民会館の大ホールの手伝いである。開館間際に大ホールが無事に運営できたのは、先生がおられたからである。

夜の公演が済むと、必ず市民会館の裏の「おでん屋」で打ち上げをしたものだ。

あるとき和尚さんから、今年の秋にこの寺で大きな行事があるので、そのときまでに引き上げてもらいたいと言われた。およそ一年間の下宿生活だった。

次の下宿は、松本町の階段の多い急傾斜にある小さな一軒家だった。

松本町には一年余り過ごした。

第四幕　別れ

昭和五十年七月一日付けで市民会館から税務課に異動になった。それでも大ホールに行事があるときは、今までと同じく舞台関係の手伝いをしていた。

その年の秋のことである。先生が急に倒れられた。市立八幡浜総合病院に入院されていた。容態が急に悪くなったことを聴き、病室に入った。先生は家族の人に支えられゆっくりと身体を起こして、

「中田、わしはもうだめだ。あまり無理するなよ」

と苦しそうな息をしながら言われた。それだけ言われるとまた静かに横になられた。それ

だけ聴いてすぐに病室を出た。これが先生から聴いた最後の言葉だった。亡くなられたのは、十一月十六日の早朝であった。五十歳だった。

柱を失った「つぼみ会」を、今後どのようにしてゆくのか。当時は住職の財津静雲先生が会長をしておられた。みんなで協議したところ、財津先生が「私の後を、兵藤寛先生にお願いしたい」と言われた。兵藤先生は当時八幡浜市の小学校の校長をされていた。新しい体勢で会の存続を図ることとなった。

昭和五十一年四月二十四日付けの愛媛新聞に次のような記事が掲載された。約四十行六段の大きな枠取りで、本堂の中で和尚さんが木魚を前にして座っておられる写真が入れてある。少し長くなるが当時の状況などがよく分かるので、全文を転載する。

上段には、横に大きな中抜きの文字で「人形たちがやってくる」とあり、その下にやや小さなゴシック体で横に「再会心待ち　八幡浜の童話和尚さん」、右手に大きな文字で縦に「児童文化育て続け　劇団『プーク』公演引き受け交友」とある。本文は次のようになっていた。

『今年も人形たちがやって来る』人形劇団プークの公演を心待ちにしているのは八幡浜市日

土町の了月院の財津静雲住職（六九）。同住職は昭和五年以来現在まで「童話の和尚さん」として子供たちに親しまれてきた人。つぼみ児童文化研究会（兵藤寛会長・八幡浜市大島小学校長）の設立者でもあり、児童文化の育成に力を入れている。

了月院は八幡浜市北西部の山間にある由緒ある浄土宗のお寺。財津住職は東京の大学で仏教を学んでいたころ、了月院に帰って父親に代わって信者に話しをするときに、アガってしまってどうにもならなかった。そこで子供にならしゃべれるだろうと、お寺に子供を集めて童話を話し始めたのが、童話と子供につながったキッカケ。

それから童話に魅せられ、大学で久留島武彦らの直接指導を受けた。卒業のさい童話運動に誘われたが、お寺を継がなくてはならず帰郷した。しかしなんとかして童話の仕事を続けたいと、お寺の本堂に毎週土曜日に付近の子供を集めて童話を聞かせ始めたのが、昭和五年のこと。自分の宗派の歌や簡単なゲームもやった。娯楽のない農村（当時は日土村）だけに子供の人気はすごく、百人前後の子供が集まっていた。話のネタが切れて里見八犬伝、西遊記の「連続もの」もやったそう。

終戦直後の昭和二十一年ごろ、やはり児童演劇に情熱を燃やしていた教員の中岡一茂さん（昨年病没）と知り合い、つぼみ児童文化研究会を発足させ、童話、幻灯、簡単な人形劇などを持って西宇和郡内をまわったりした。そして昭和二十二年にたまたま八幡浜市内で公演されたプークの人形劇を二人がみて感動、すぐ楽屋を訪れて劇団員や人形たちとの交友が始まった。

『当時は劇団員が道具を背負って公演の旅をするという苦しい経営の中で、すばらしい劇を見せてくれました』と財津住職。二年に一度はプークを呼び、八幡浜市内の映画館、小学校講堂や了月院の本堂でも公演した。公演の受け手がなくて、お寺に三、四日も劇団を泊まらせたこともあったが、その機会に財津住職らはいろいろの技術を習ったそう。

現在の研究会は教員や保母さんら約二十人。兵藤会長は了月院の「土曜会」に通った子供の一人。児童演劇や童話の研究と実践、そしてプークの主催を続けている。市民会館が出来てからは、ここ五年間は毎年の上演。財津さんにとって懐かしい劇団員の友人と人形たちに再会できるうれしい日。しかし今年は、親友中岡先生がいっしょでないことにたまらない寂しさを感じる再会でもある。

了月院の「土曜会」は毎月第三土曜日の「子供会」となって続いている。いまでは財津住職の後継ぎの長男永記さん（二六）が子供たちに童話を聞かせることが多いと、住職は目を細める。了月院の子供会もプークも同じ四十五年の歩みを続けている。今年のプーク公演は二十八日午後六時から八幡浜市民会館で開かれる。』

記事の中の二十八日午後六時からのプーク公演の演目は、斉藤隆介原作・川尻泰司演出の『ゆき』であった。

プーク劇団員は、公演終了後了月院で「つぼみ会」の会員と交流会をした後、労働会館に宿泊した。翌日、次の公演のため、九州へ渡る乗船前の僅かな時間をとって、先生の墓参りをした。

プークの団員が墓参した先生のお墓は、了月院のよく見える中岡家の墓地にあった。その後、保内町喜木神越八幡神社下の墓地に改葬された。建立されたのは、昭和六十三年二月である。墓石の右側にある中岡家霊名碑には、「文教院一観大道居士　昭和五十年十一月十六日　徹尚父一茂　五十歳」と刻まれている。

エピローグ

中岡先生の想い出を書くことは、自分の若い時代の残像を見ているのと同じことになる。

書いてゆきながら、記憶の多くは灰色じみているのに、どうしてこの部分だけが彩色づいて華やかなのか不思議でならなかった。それは考えてみると、私の思春期から青年時代の終わりに至るまでの最も美しい時期、つまり不安と可能性の同居していた時期に、先生と行動を共にすることができたからだろう。

先生の教えられた生徒の数は想像することができない。生徒の数だけ先生の思い出があるし、それぞれ違っている。自分について言えば、中学校の授業では、教師と生徒の一般的な関係であり、個人的な関係は無かった。ごく平凡な生徒だったし、そしてそのまま卒業した。先生からみれば、生徒一般に見えていたとしても、自分には、先生は特異な教師に映っていたのだ。

やがて先生と個人的な話をするようになると、今まで感じていたよりもはるかに大きな存在であることに驚かされた。自分はあまりにも芸術に関して未熟だった。それに先生の意志は私よりも強靭であり、それでいて柔和で、人を引きつける魅力があった。人生の修羅場をくぐり抜けてきた人間の大きさと懐の深さを感じた。

自分は現在先生より十五年余り長く生きている。しかし内容からすればまだ半分も生きていないような気がする。人生とは、ただ長く生きるだけではなくて、その人生の密度の問題ではないかと思うときがある。

先生と出会い、同じ目的を持って行動できたことは、わずかな期間なのに、人生の大きな糧を得ただけでなく、至上の幸福感をも味わうことができたのである。

母

母は時計の文字が読めなかった。いや、読めていたのに私が読めないものと勘違いをしていたらしいのである。

自分の上には六人の兄姉がいる。すぐ上の姉との間が十歳近く開いている。多くの兄姉がいるにもかかわらず、子どもの頃の想い出の中には三人しかいない。

戦後の山奥の小作あがりの百姓の生活がどのようなものであったかは、今さら思い出すのも苦痛を伴う。農地改革といいながら家も土地もみな他人のものであった。その小さなみすぼらしい家の一部屋に、古びた振り子時計が時を刻んでいた。ものごころがついて時計が読めるようになったころから、母は毎日のように必ず私に「今何時だ？」と訊くようになった。初めのころは得意になって答えていたのだがそのうちに慣れてきて、どうして自分で読まないのか不思議がりもしないままに、振り子の小さな音とともに私の時間も過ぎていった。

台所になっている部屋の隅に、大人の高さで横が九十センチほどの長方形の黒板が掛けてあった。母はそこに白墨で買った物の名と金額を書いていた。今でいえば家計簿だ。父はよく出稼ぎにでていたから、使った金額を報告するためである。だから読み書きと数字は知っていたのである。にもかかわらずどうして時計の時刻を私に訊いていたのだろう。

長兄は東京に出て公務員を定年退職しその地に住んでいる。現在（平成二十三年）八十八歳だが、三年前に出版社に依頼して「自分史」という小さな本を創り親族に送ってきた。

それを読んでいると、「自分は母から勉強を教えてもらった」と書いてあった。私はすぐ上の姉に勉強の相談はしていたから、母に学校の話をした覚えはない。ところが、私が中学校に入ったとき、長兄が教えてもらったというN先生（当時は校長）が特別に教室に見えたことがあった。先生は出席名簿を見ながら私の番になったとき、「K君は君の兄さんか。すばらしく優秀な生徒だった」と言われた。旧村の山あいに二十三の集落が点在している。中学校は中央よりやや川下に一つだけである。一番山奥の集落から一時間余り歩いて通学していた私は、校長先生から突然以外な声をかけられて、嬉しいよりも恥ずかしい思いをした記憶がある。もしかすると母は、当時よく言われていたような無学で無教養な田舎者の母親ではなかったのかもしれない。母は、長男を教えた教員が、私を見て親子ほど歳の違う長兄の名前をすぐに思い出させるほどの優秀な子に育てていたのである。時計の文字が読めないなどの話ではない。どういう教育をしたのだろう。

今にして思えば母は信仰心がとても篤く、幼い身体の虚弱な私を連れて、近くの山頂にある真言宗の名刹はもちろん、名もない小さな祠にも頭を下げて廻った。自然に言葉となる豊富な諺が母の教養の深さを感じさせた。常に物腰が低く静かに話す人だった。私は叱られた記憶がない。その母が一度だけ大きな声で姉を叱ったことがあった。嫁ぎ先でのいざこざを母に話していたときだった。母は突然大きな声で、

「そこまで我慢することはない。家は貧乏していても、犬や猫のように育てた覚えはない。そう言いなさい。」

ときっぱりと言い切った。母がこれほど厳しい態度で子どもに接したのを見て私は驚いた。それだけではない。感情を表面に出して激しく叫んだように思えた。おそらく母は、「貧乏ではあっても、こころだけは貧しく育ててはいない」という確信のようなものがそうさせたのだろう。

自分にも三人の子どもができた。母が子ども達に身体で教えた多くの言葉を、自分ははたして子どもに伝えることができたろうか。その確信はない。母は既に他界して自分もその年齢になろうとしている。孫も五人できた。もう自分が子ども達にすることは何もない。時折遊びに来る孫の相手をしながら、嘗ての母の姿を鮮明に思い出す時がある。母の遺伝子が繋がっているとは言っても、その教えは無言では伝わらない。仮に伝わったにしても核家族の現代にはそぐわない。もう思い出の世界にしか存在しない母の姿なのである。

チーコ

その年の十二月も終わりに近い頃であった。夫婦とも働いているのでお互いに朝は忙しい。妻は、いつものように洗濯物を干しに外に出ていた。自分はちょうど洗面を済ませたところだった。すると、玄関の方から妻の大きな声がした。

「父さん、たいへん」

急いで行って見ると、手には、黄色いインコを持っている。理由を訊くと、洗濯物を干しているると肩に止まったのだという。

それからが家中大騒動であった。

自分はすぐ裏の物置に行って鳥籠を持ってきた。長い間使っていなかったのでかなり埃がたまっている。それを洗い落として、きれいに拭いてみるとどうにか使えそうだ。

餌は、以前インコを飼っていたときの残りがあることを思い出した高校二年の次女が、靴箱の中から急いでとりだした。

準備が完了したので、妻はインコを籠の前に持っていくと、自分から中に入ってすぐに餌を食べ始めた。よほどおなかがすいていたのだろう。

実は、家ではその年の春頃までインコがいた。親子二代にわたって飼っていたのが、体調を悪くして亡くなったのである。それからは小鳥を飼うことを止めていた。それ以来靴箱の上には何も無かった。

夏になると、中学生になったばかりの長男が、熱帯魚を飼うと言いだした。今までインコの籠を置いていた靴箱の上には、水槽が置かれることになった。それにまた、今朝から、その横にインコの籠が並んだ。靴箱の上は少しの余裕もない。

しばらく観察していると、このインコは「手乗り」であることがわかった。前の飼い主が「手乗り」で育てていたらしい。だから作業中の妻の肩に止まったのだろう。

インコが来たその日から家の中が少し変わった。だれかれとなく、一日に一度はこの珍客を籠から出して部屋の中で遊ばすのである。自由になった鳥は、部屋の中を飛び回りながら、座っている者の肩や手や頭に止まる。汚いものを嫌がる次女も、インコの糞は気にもかけず結構楽しんでいる。

また次女のメガネにも止まる。そこで、

「この鳥は、メガネをかけていた人に飼われていたのだろう」

と次女が言った。

あるときは、妻の唇によってくるときがある。すると、

「この鳥は、口移しで餌を貰っていたのだろう」

と妻が言う。「どうも女が好きのようだ。だからきっと女の人で、しかも年配の人にちがいない」

と、また妻が言った。

鳥の動きにつれて、皆があれやこれや想像する。

「もし、前の飼い主が現れたら返してやらなければならないか」

と次女が不安げに言った。

「当然のことだ」

と私が返事をする。

あるとき名前をどうするかということになった。妻は、

「チーコにしよう」

と即座に言った。長男は、

「そんな名前はダサイ」と気にいらない。自分は、

「アリストテレスだ」

と言った。すると今度は次女が、

「そんなのはややこしい」

と納得しない。いつまでたっても決まらない。そこでやむをえず、妻の主張する「チーコ」が採用されることになった。それにはそれなりの理由らしきものがある。ひとつは、妻が、自分が連れて帰ったという暗に占有権をちらつかせることであり、ふたつには、インコがなにやらぐじゅぐじゅさえずる声の最後に、「チーコ」と、人間の言葉らしきものをはっきり聞こえるように発音することである。やがて「チーコ」に反対する者がいなくなった。

と思っていたら、

「チーコは女の名前だ」

と次女が言い出した。はて、このインコはいったいオスかメスかということになった。しかし誰にもわからない。


慌ただしさの中に正月になった。

首都圏の大学に行っている長女が帰省した。そして、このインコがオスかメスかにとどめを刺した。彼女はじっと嘴の辺りを見つめていたが、

「これはメスだ」

と確信を持った口調で言った。長女は、幼少の頃から、小学館の分厚い動物図鑑や鳥類図鑑を持ち歩いていた実績がある。そのうえ言葉の明快さからして信憑性が感じられる。

「オスは鼻のところが青みがかっているが、このインコにはそれがない。だからこれはメスだ」

なるほど真偽のほどは別にしても、論理的で説得力がある。家族は納得して異論を唱える者はいなくなった。

一段落したと思っていたら、あるとき、今度は義母が、部屋の戸を開け頭だけ入れて、

「一羽ではかわいそうだからもう一羽飼ったほうがいい」

と言った。

皆は突然のことで何も言わない。なるほどと思わないでもなかったが、前に飼っていた夫婦が死んで間もないことだし、できることなら飼う気はしなくなっていた。まさか年内に突然向こうから舞い込んで来るとは考えてもみなかったのである。結局義母の意見に賛成する者がなく、そのままで終わった。

それ以後とやかく言う者はいなくなった。

義母の報告によると、次女は、高校から帰ると必ずインコを籠から出して遊ばしているらしい。いつぞやは、自分が玄関に入ると靴も脱がないうちに、

「次女が学校でインコのことを話したら、友達が見に行きたいというので、三人も連れて来た」とうれしそうに言った。

おそらく近所で飼われていたのであろうが、インコが逃げ出したという情報はまだ届いていない。しばらくこのまま我が家の客員として生活することになりそうである。

有田焼

唇

三月の初めだった。書店から「オルセー美術館」の第二巻が届いた。出版社は日本放送出版協会で全六巻になっている。月に一巻の予定で発行されることになっていた。美術館のほぼ全容が網羅されているという。これほどのものは珍しいと思って、行きつけの書店に注文していたのである。

オルセー美術館には印象派の作品が多数収蔵されているとのことであった。印象派の絵画は、私だけでなく多くの日本人に愛されているらしい。たしかに印象派の作品には、トンネルをくぐり抜けたときの明るさのようなものが感じられる。さらに印象派の人たちは、日本の浮世絵からの影響が大きいと言われているから、なおさら近親感を覚えるのかもしれない。

若い頃、東京に出たついでに上野の「国立西洋美術館」や東京駅の近くにある「ブリジストン美術館」に通ったものだ。また倉敷の「大原美術館」にも三度行ったことがある。やはり印象派の絵画と「ロダン」の作品を見るためであった。

これらの中で私の好きな画家は、ルノアールである。風景画には風に揺れている樹木の葉に太陽の光が遊んでいるような雰囲気を醸し出している。女性像の絵画には、見る人の心を包み込んでしまいそうなふくよかな大らかさがある。この女性たちには、肉体から出る官能美を遥かに越えて、人間の生命の美と尊厳を表現しているように見える。

芸術作品が、数千年の昔から今日まで生き続けているのは、美が不変であることの証拠であると思われる。今でも作品を観る人は、一つであるはずの月が、水田に映ると田の数だけ見えるように、見るひとの心の数だけ「美」が存在しているように見えるからだろう。

この「オルセー美術館」のルノアールの絵の中の女性たちを見ていると、今までぼんやりとしか気づかなかったことが面白く感じてきた。というのは、彼女たちの「唇」の表情である。ルノアールは、「唇」を描くために女性たちを描いたのではないかと思えて来るのだ。ルノアールは「唇」に何を語らそうとしたのであろうか。彼の人生の中で、女性の存在は一体何だったのだろう。

私は彼の伝記を読んでいない。だから彼の断片的な姿しか浮かんでこない。それでも彼は、他の画家と同じように女性の絵を多く描いている。画家は必ず女性の裸体画を描く。ルノアールの絵には裸体画もあるが、衣服姿の女性もある。いずれの絵についても言えることだけれども、面白いのはさきほどの「唇」である。

たとえば「田舎のダンス」と「都会のダンス」という作品がある。「田舎のダンス」の女性の「唇」は少し開いて、とても楽しそうな感じがする。この二人の「唇」は残念ながら比べることができない。「都会のダンス」の方の女性は顔が横向きになっているからだ。しかし二人の持つ雰囲気は、別人でありながら同じような気もする。「唇」もきっと同じような形をしているのではなかろうか。

また「ピアノを弾く娘たち」の奥の方の女性と「バラを持つ若い女」「座る娘」の「唇」も、それぞれモデルの名前まではっきりしていながら、似た雰囲気を持っている。雰囲気が似ているからあるいは「唇」の形まで似ているように感じるのだろうか。

ここで乏しい想像力を働かせると、もしかするとルノワールの母親の「唇」は、これらの女性の「唇」と似ていたのかもしれない。あるいは、彼が最も愛した女性の「唇」は、このようなものだったのかもしれない。たくさんの女性を描きながら、結局は一人の女性しか描いていなかったようにもとれる。偉大な画家のことだから、こんな単純なことで片付けられるはずはないだろうが、しかしそのようにもとれるのである。

先日、テレビでチンパンジーの研究成果の講演を聴いていたときのことである。何枚かの写真の内の一枚に、チンパンジーのオスとメスが、相手の手を持って、自分の「唇」をその手に触れているのがあった。人間の挨拶の行動と全く同じである。「唇」を相手の手に触れることによってこちらの心情を伝えようとする。人もチンパンジーも同じことをしているのに少し驚いた。チンパンジーさえしている行為なのだから、「唇」を相手の身体に触れることは自然の姿なのだろう。

「唇」は神経が集中しているらしいが、体内に入る物をチェックするのに、細かな鋭い神経が必要なのだろうと思う。それと、肉体と精神の全てを相手に委ねようとする場合には、手で相手に触れるよりも、「唇」で相手に触れる方が、無防備の状態を表現できる。相手に信頼感を抱かせることになるようにも思える。

「オルセー美術館」の第二巻を見ながら、ぼんやりとそんなことを考えていた。

一枚の写真

去年の九月の初め、友人と二人で松山の商店街へ行くことになり、昔からある古書店に初めて入った。

この店は入り口から階段を五、六段降りなければならない。店内は真ん中に大きな棚があり、両方の通路には、腰の高さまで雑多に平積みされている。やっと一人が通れるほどの広さだ。通路はまっすぐ奥まで続いている。

照明は、古本の色を吸収しているのかやや暗い感じがする。古書の湿った独特の臭いが充満している。

友人は何か目当てがあるらしく、左右に目をやりながら一人で先に進んで行く。自分も店内の雰囲気に慣れてきたので、背表紙の題名を確かめながら奥の方へ入って行った。

入り口から中ほどのところに文学作品ばかり並べてある棚があった。自分の目の高さより少し上にダンテの「神曲」があった。かなり厚みのある本だ。手を伸ばして持ってみると箱入りで装丁がしっかりしている。箱には「新潮社出版・世界文学全集第一巻・第三十回配本」と印刷してあった。

「神曲」のあらすじは知っていたが、全文をまだ読んでいなかった。始めの方を開いてみると文語体である。「七十《ななそじ》の人の命の中程にして、正しき道を失へりし我は、とある小暗き森の中に我自らを見出でき。……」とある。訳者は生田長江であった。

正直なところ文語体は苦手だ。それでもゆっくり最後まで頁をめくった。すると何か挟んである。それは一枚の青年の写真であった。年齢は二十歳前後らしい。円縁の眼鏡をかけて軍服を着、サーベルも提げている。軍帽で頭髪はよくわからないがおそらく大学生だろう。後ろに庭木のようなものが見える。楕円形に縁取りしてあるから専門家が撮影したものらしい。

それとともに、この本が出版された当時の本書の批評が載っている「世界文学月報」が二つ折りにして入れてあった。

さらに奥書のところには、訳者の朱印が押してあり「非売品」となっていた。なぜ「非売品」なのだろう。有名な出版社でこれほど立派な本が、それも連続して発行されているのになぜなのか意味が解らなかった。当時の出版業界の特殊な事情があったのだろうか。しかしここでその意味を考えていてもしかたがない。あとで確認することにして、とにかくこの本をどうするか決めねばならない。

迷っていた自分は、最後のページの間にある写真を、もう一度手に持ってゆっくりと見直した。するとセピア色した青年の凛々しい姿の中から、ぼんやりとしているけれどもドラマのようなものが浮かんできた。そしてこの本を買うことに決めた。

この本が出版されたのが昭和四年八月三十日とあるから、今から三十七年も前のことになる。この本が主人の手を離れてのち、どのような経路をたどってこの書店にきたのかは知ることができない。

チャーチル卿が、「何千万の人間が死んでいったこの第二次世界大戦は、実に無意味な戦争であった」といったように、日本にも前途有望な多くの青年が無意味に死んでいったことだろう。「きけわだつみのこえ」にあるように、ある者は国のためであるといい、ある者は戦争反対の思いを胸に秘め、またある人は愛する人の涙を軍服ににじませて、他国で誰の撃ったとも分からぬ弾丸を胸に受けて倒れていった。おそらくはそういった人たちの中に、この本の持ち主も含まれていたのではなかろうか。その人は文学青年であり、美しい心の持ち主であった。ことのほか「神曲」を愛していた。家族の方もそれをよく知っていた。ダンテのように、その人もまた、永遠の恋人を胸に抱いて、戦火の中を彷徨ったかもしれないのだ。

あるとき家族に戦死の通知が届いた。そのときの哀しみは計りしれない。やがて心の整理がついたとき、彼が大切にしていた本棚も整理された。その本棚の中にこの「神曲」があった。家族の中のある人が彼の写真をそっと入れた。そして誰かに譲られたのだ。

その相手が友人であったか、恋人であった人なのか、あるいは古書店であったのかはわからない。

戦争が終わって二十年後、あらゆる人の手に触れられながら、戦争を経験しなかった自分の手に持たれている。この古ぼけた一冊の本が、わずか一枚の写真が入っているが故に、なぜもこう新鮮さを与えるのか。この本だけでなく戦争をくぐり抜けた本は膨大な数である。にも係わらず、この本には不思議に耀いているものがある。名前も知らない人の一枚の写真が挟まれているという、ただそれだけの理由で……。


うす黒くなった本を大事そうに持って、出口の計算係の人に手渡した。どこかに金額が書いてあったのだろうが、気づかなかったのでじっと待っていた。

「〇〇円です」

と、古書店の雰囲気に合ったような七十前後の男の低い声で言った。その金額を聞いてあまりにも高いのに驚いた。

店を出るとすぐ友人に、

「高いなあ」

と言うと、彼は笑顔で頷いた。古本が高いことを知っていたのである。

あとがき

この本の表題を「随筆集」としておりますが、型式的には随筆だけでなく、紀行文や感想文、その他多様なジャンルのものが混然としており、むしろ「雑文集」と言うべきだろうと思います。

内容にしても主観的なものが多く、調査や研究など社会性のあるものは皆無に近いでしょう。

しかし、現在進行中の老後といった未知の領域の中で、今生きているが故に新鮮に感じ把握できることがあるのも事実です。身近な出来事を見聞し、それらを思いつくままに書いているだけで、不思議なことに自分は今このように生きているのだ、あるいは生きてきたのだという証になるのではないか、そんな自己本意的な心情が起きてくるのを否定することができません。

かつて、心臓のエコー検査のとき、モニターに映し出された「弁膜」の芸術的な滑らかな動きと、七十年間一度も止まることのない運動の法則に、宇宙の神秘を感受せずにはいられませんでした。自分の心臓は果たしていつまで動き続けてくれるのでしょう。縁起をあてにしているわけではないのですが、干支でいえば今年が六回目の年に当たります。精神的、体力的にもこのあたりで一区切りするのが最適ではないかと考えたしだいです。

まことにささやかな文集ですが、御一読いただければ幸いに存じます。

二〇一六年四月三十日

著　者　　中田高友（なかた　たかとも）
現住所　　愛媛県八幡浜市保内町宮内 1-62-9
2003 年八幡浜市役所退職

中田 高友　随筆集

2016 年 7 月 20 日 発行　定価＊本体価格 1400 円＋税
著　者　　中田　高友
発行者　　大早　友章
発行所　　創風社出版
〒 791-8068 愛媛県松山市みどりヶ丘９－８
TEL.089-953-3153 FAX.089-953-3103
振替 01630-7-14660 http://www.soufusha.jp/
印刷　㈱松栄印刷所　　製本　㈱永木製本

ISBN 978-4-86037-228-6